천외천의 주인 2

2020년 8월 11일 초판 1쇄 인쇄
2020년 8월 14일 초판 1쇄 발행

지은이 한수오
발행인 이종주

총괄 김정수
경영지원 배진경 임혜솔 송지유

기획 팀 이기헌 왕소현 박경무 강민구
책임 편집 오영란

발행처 (주)로크미디어
출판등록 2003년 3월 24일
주소 서울시 마포구 성암로 330 DMC첨단산업센터 3층 318호, 319호
Tel (02)3273-5135 **편집** 070-7863-8596 Fax (02)3273-5134
홈페이지 rokmedia.com E-mail rokmedia@empas.com

© 한수오, 2020

값 8,000원

ISBN 979-11-354-8623-4 (2권)
ISBN 979-11-354-8621-0 04810 (세트)

한수오 신무협 장편소설

②

천외천의 주인

| 변화의 시간 |

차례

변화變化 (1)

설무백도 사람이었다. 그리고 무인이었다.

애써 내색은 삼갔으나, 매요광의 말을 들은 설무백은 무척이나 가슴이 뛰었다.

그간 내내 복수를 위해서라도 흑사신이라 불리던 전생의 자신보다 더 강해져야 한다는 마음이 절실했을 뿐.

그 이상도 이하도 생각해 본 적이 한 번도 없는 그였다.

그런데 묘했다.

매요광의 말을 듣고 나니, 심장이 격하게 뛰면서 피가 뜨거워졌다.

복수와는 또 다른 감정의 폭등이었다.

전생의 흑사신 시절, 잠시나마 흑도제일을 꿈꾸던 때도,

선조의 유물에 대한 단서를 발견하고 마침내 선대인 낭왕 이서문의 비전을 발견했을 때도, 이보다 더 심하지는 않았다.

마치 무언가 감당하기 어려운 엄청난 물건을 손에 들고 전전긍긍하는 기분이었다.

욕심은 나는데 언감생심 자신이 바랄 수 있는 꿈이 아니라는 생각이 충돌하고 있었다.

태생은 못 속이는 것일까?

낭왕의 피가 그에게도 흐르기 때문일까?

설무백은 자신조차 용인하기 어려운 알량한 양면성에 절로 진저리를 쳤다.

과한 욕심은 화를 부른다는 사실을 알면서도 욕망이 들끓었다.

아마도 그래서였을 것이다.

매요광과 웃는 낯으로 헤어지고 나서도 설무백은 좀처럼 흥분이 가라앉지 않았다.

가라앉기는커녕 더욱 심각해졌다.

가슴이 더욱 답답해지며 때아니게 식은땀이 흐르고 호흡마저 곤란해지는 지경에까지 이르렀다.

위험한 증상이었다.

그 증상은 바로 무공을 익힌 무인이라면 가장 경계해야 할 정념(情念)이 폭주하는 상태.

즉 심마(心魔)에 들었을 때 나타나는 현상이며 여차하면 주화입마(走火入魔)에 빠져서 반병신이 되거나 목숨을 잃을 수도 있는 사실을 그는 뒤늦게 깨달았다.

척신명의 도움 덕분이었다.

무백이 애써 마음을 비우려 애쓰며 매요광과 헤어지고 척신명을 만나러 갔을 때, 척신명이 대번에 그의 상태를 간파한 것이다.

"멍청한 놈!"

매서운 일갈과 함께 빠르고 예리하게 날아온 타격이 척신명의 동굴로 들어서는 설무백의 머리를 때렸다.

평소의 그였다면 능히 피할 수 있었을 테지만, 지금의 그는 달랐다.

어쩐 일인지 쇄도하는 기세를 느끼면서도 피할 수가 없었다.

몸이 천근만근 무거워서 반응은 했으나, 예전과 달리 느리게 반응했다.

그런데 다른 것은 그의 반응만이 아니었다.

그의 머리를 때린 기세도 평소 척신명이 기습적으로 날리던 기운과 전혀 달랐다.

날카로운 것이 아니라 둔중한 느낌이었고, 그동안 경험해본 자극적인 통증이 아니라 차가운 얼음물에 머리를 담근 듯 선뜻하면서도 시원한 느낌이 전해졌다.

덕분에 그는 정신이 맑아졌다.

"어……?"

여지없이 엉덩방아를 찧는 와중에 그와 같은 변화를 겪으며 정신을 차린 설무백은 어리둥절한 눈빛으로 척신명을 바라보았다.

척신명이 준엄하게 꾸짖었다.

"대체 정신을 어디다 놓고 다니는 거냐! 내공을 익힌 녀석이 그따위로 정념의 늪에 빠져서 어쩌자는 게야! 주화입마로 인생 종치고 싶었던 거냐!"

설무백은 절로 등골이 오싹했다.

나름 정념 따위에 흔들릴 정도로 가볍지 않은 부동의 정신력을 소유했다고 자신했는데, 자신도 모르게 미처 정념을 삭이지 못하고 위험한 고비에 들어서 있던 모양이었다.

'아직 멀었군.'

설무백은 자책했다.

최근 여러 가지 기연을 얻으며 방심한 면이 없지 않아 있었지만, 아무리 그래도 이건 아니었다.

아직 그는 전생의 흑사신을 따라가지 못했다.

전생의 흑사신이라면 이런 우스운 꼴은 보이지 않았을 터.

척신명이 지그시 입술을 깨물며 자책하는 그에게 새삼 눈을 부라리며 사납게 면박을 주었다.

"절대 잊지 마라! 특히나 너는 정종심법뿐만이 아니라 사마도를 넘나드는 제반심공을 갈무리한 몸이다! 그건 아주

가벼운 정념에도 쉽게 휘둘릴 수 있으니, 각별한, 정말 각별한 주의가 필요하다!"

"예, 예, 명심 또 명심하겠습니다."

설무백은 애써 천연덕스럽게 웃으며 척신명의 경고를 받아넘겼다.

자책은 해도 좋으나 자괴감을 가져서는 안 되고, 후회는 더더욱 곤란하다.

이런 일쯤은 그에게 아무것도 아닌 것으로 치부해야 한다.

전생의 그인 흑사신이 그랬던 것처럼, 목숨만 걸면 얼마든지 가능한 일은 그에게 매우 가벼운 일이어야 했다.

마음을 그렇게 다잡자, 의문이 찾아왔다.

"근데, 대체 어떻게 했기에 이렇듯 갑자기 편안해진 거예요?"

척신명이 실소하며 설명했다.

"경기로 머리의 경혈을 때려서 정념으로 인해 굳어진 혈도를 뚫어 준 거다. 침구를 사용해서 혼탁한 피를 뽑아내는 것과 같은 이치인데, 아무나 할 수 있는 건 아니다. 나나 되니까 가능한 거지."

언제나처럼 돌고 돌아도 결국 자기자랑으로 끝나는 말이었으나, 사실 그게 틀린 소리가 아니라는 것을 설무백은 익히 잘 알고 있었다.

다른 것을 다 떠나서 고도의 무형지기를 척신명처럼 정밀하게 출수할 수 있는 사람은 천하에 드물었다.

그가 가진 전생의 기억을 모두 통틀어도 백을 넘기기 어려웠다.

하물며 지금의 척신명은 겨우 석년의 반에 반도 안 되는 공력만을 사용할 수 있는 몸인 것이다.

"그럼 빨리 배워 둬야겠네요. 척 할배가 없는 곳에서 또다시 이런 발작이 일어나면 곤란하잖아요."

"아서라, 이놈아. 아무리 좋은 약도 거듭 쓰면 무뎌지는 법이다. 그런 식으로 계속해서 경기로 머리의 경혈을 두드리다간 언제고 머리가 먼저 박살 날 게다."

말은 투박하게 해도 설무백의 장단이 전혀 싫지 않은지, 척신명의 입가에는 은근한 미소가 떠올라 있었다.

그런 그가 이내 슬며시 안색을 바꾸며 물었다.

"그보다 말해 봐라. 예충 그 녀석이 끝내 거절해서 그리 골머리를 싸맸던 거냐?"

"아니, 그게 아니라……."

설무백은 승낙을 전제로 한 예충의 제안과 그 얘기를 전해 들은 매요광의 제안을 간단명료하게 전해 주었다.

모든 얘기를 다 듣고 난 척신명이 얼굴을 살짝 굳히다 이내 씁쓸한 미소를 머금으며 중얼거렸다.

"팔 병신 그놈이 확실히 나보다는 머리가 낫군. 벌써 거기까지 생각하다니 말이야."

설무백은 미간을 찌푸렸다.

여태껏 그는 척신명이 농담이라도 매요광을 칭찬하는 걸 한 번도 본 적이 없었다.

말미의 여운도 묘했다.

"대체 거기까지가 어디까지라는 건데요?"

"어디까지긴 어디까지야, 마지막까지지. 우리들의 죽음 말이다."

설무백은 절로 눈이 커졌다.

놀라기도 했고, 당황스럽기도 했다.

얼마 전, 나백의 죽음이 가져다준 충격에서 어찌어찌 겨우 벗어난 그로서는 심장이 철렁 내려앉는 기분이 들어서 선뜻 대꾸할 말도 떠오르지 않았다.

"뭘 그리 놀라?"

척신명이 별일도 아니라는 듯 다시 말했다.

"우리가 언제까지나 네 곁에 남아 있을 거라고 생각했냐? 우린 그런 불사신이 아니다. 백수(白壽 : 99세)를 넘긴 지가 언제인지도 기억이 안 난다. 이 몸으로 여태 목숨을 부지하고 있는 것만도 천명을 배신하고 있는 게야."

설무백은 어색하게 웃으며 고개를 저었다.

"그래도 듣기 싫네요."

척신명이 애틋한 눈빛으로 그를 바라보았다.

"그래도 우리가 조만간 죽는다는 사실에는 변함이 없다. 매 가 놈은 그때를 대비하고 싶은 게야. 예충, 그 녀석의 무공이 이대로 사장되는 것이 아까운 마음도 없지 않겠으나, 그보다는 우리를 대신할 만한 호위를 네가 붙여 주고 싶은 거지."

그는 기꺼운 표정으로 고개를 끄덕이며 말을 이었다.

"나도 찬성이다. 예충 그 녀석 정도면 충분하진 않아도 제법 쓸 만할 게야. 기억하기에 그 녀석도 나이가 적지 않아서 네 조부보다 많은 구순 언저리일 테지만, 대신에 우리와 달리 팔팔하잖냐."

척신명은 어디까지나 담담하고 느긋하게 죽음에 대한 이야기를 논하고 있었다.

설무백은 말을 듣는 내내 속이 거북했으나, 도무지 말을 끊을 수가 없었다.

딱히 무슨 말을 해야 좋은지 몰랐다.

화를 낼 수도 없고, 장단을 맞출 수도 없었다.

무슨 말을 해도 분위기만 어색해질 것 같았다.

이건 정말 싫은 상황이었다.

그는 겨우 미소를 보이며 말문을 돌리려 애썼다.

"우리 그냥 다른 얘기하죠?"

척신명이 그의 마음을 읽은 듯 피식 웃고는 대답했다.

그의 말대로 화제를 돌린 말이었다.

"아 참, 너도 이제 대놓고 무공을 수련할 수 있게 되었으니, 내친김에 여기 무저갱으로 들어오는 게 어떠냐?"

"예……?"

무슨 말을 하던 장단을 맞출 준비를 하고 있던 설무백은 어리둥절해져서 두 눈을 끔뻑였다.

"무슨 말이에요?"

"폐관 수련을 말하는 거다."

척신명이 진지하게 부연했다.

"누구의 방해도 받지 않는 공간에서 오롯이 자기 자신만하고만 대화를 나누며 무공의 깊이와 이치를 파헤쳐 보는 폐관 수련이야말로 무인에게 있어서 가장 적합하고 적당한 무공 수련이다. 특히 너처럼 다양한 신공을 섭렵한 놈에게는 더없이 바람직한 일이지."

"폐관 수련을 여기 무저갱에서요?"

"혼자만의 공간을 만들 수 있는 장소가 여기 무저갱보다 더 좋은 곳이 어디에 있겠느냐. 그건 나보다 네가 더 잘 알지 않으냐."

사실이었다.

여기 무저갱의 심처 어느 곳에 자리를 잡아도 얼마든지 세상과 단절된 시간을 보낼 수 있었다.

"그렇긴 하지만……."

"당장 시작하라는 것이 아니라, 어디 한번 신중하게 고려해 보라는 소리다."

척신명이 망설이는 설무백의 이유를 잘 안다는 듯이 고개를 끄덕이며 잘라 말했다.

"엄밀하게 따지면 폐관 수련이 실전을 통한 효과보다 못하다는 것이 세간이 평가이기는 하나, 지금의 네 입장에서 실전은 요원한 일이니, 마땅한 때를 맞이하기 전까지 차선책으로 말이다."

설무백은 척신명의 조언을 귀담아 듣기는 했으나 그로 인한 생활의 변화는 없었다.

아직은 때가 일렀다.

설인보와 양화의 의중도 알 수 없었고, 할아버지 양세기의 부재도 큰 걸림돌이었다.

무엇보다도 무저갱에는 아직 그가 해결해야 할 문제가 적지 않았다.

당장 예충과의 약속만 해도 그랬다.

매요광을 통해서 과거 예충의 능력과 위상을 자세히 들은 설무백은 이미 그에 대한 관심이 매우 지대해진 상태였다.

물론 그렇다고 예충의 무기명 제자가 되고 싶은 생각은 전혀 없었다.

그건 할아버지 양세기에게 너무나도 미안한 일이었다.

매요광 등 천하삼기를 사사한 것도 알리지 않은 마당에 예충까지 더해진다면 언제고 알게 될 할아버지 양세기의 실망이 이루 말로 다 설명할 수 없을 터였다.

그건 감당하기 어려웠다.

자신의 무공으로 우뚝 서는 설무백의 모습을 보고 싶다는 것이 할아버지 양세기가 가진 평생의 숙원이 아니던가.

여기서 예충까지 더해진다면 배신과 다름없었다.

천하삼기의 경우야 우연찮게 맺어진 인연이나, 예충의 경우는 엄연히 그의 의지로 결정되는 사안이었기 때문이다.

따라서 관심이 가는 것은 매요광의 은근한 권고처럼 예충을 수하로 거두는 일이었다.

아무리 생각해도 가능성이 희박하다는 생각이 들기는 하지만, 그럴 수만 있다면 얼마나 좋을까.

천군만마를 얻는 셈이었다.

그래서였다.

설무백은 폐관 수련이라는 척신명의 제안은 훗날로 미루어 두고 마음을 비운 상태로 무공 수련에만 매진했다.

틈틈이 그에 대한 방안을 모색하지 않은 것은 아니나, 선택의 여지가 없었다.

아니, 그게 그의 선택이었다.

능력을 갖추지 못한 자가 능력을 갖춘 자를 수하로 부릴 수는 없다는 것이 그의 생각이었다.

그렇게 시간은 물처럼 흘러서 보름이 지났고, 무저갱은
그사이 그가 주도한 계획대로 변화했다.

그의 선택을 강요하는 시간의 흐름이었다.

천화천왕
주인

변화變化 (2)

"도련님의 계획대로 서편 무저갱의 죄수들 대부분이 동편 무저갱으로 이관되었고, 예충의 관리 아래에 있는 모든 죄수들의 족쇄를 풀어 주었습니다. 서편의 무저갱은 역시나 도련님의 의견대로 당분간 독방으로만 운영하기로 결정되었고 말입니다."

예고도 없이 불쑥 찾아온 구복이 그간에 이루어진 무저갱의 변화를 설무백에게 세세히 전해 주었다.

그리고 또 전했다.

"예충이 도련님을 찾습니다. 이제 약속을 지킬 때가 아니냐고 하던데, 대체 그 약속이 뭡니까?"

설무백은 예리하게 알아듣고 반문했다.

"그건 구 아재의 호기심이야, 아니면 아버님의 지시야?"

구복이 멋쩍게 웃으며 솔직히 털어놓았다.

"당연히 장군님의 지시죠."

설무백은 대충 에둘러 답변해 주었다.

"내게 반했다네. 그래서 자주 보자고 했는데, 요즘 내가 경황이 없어서 찾아가질 않았지."

구복이 미심쩍은 눈초리로 확인했다.

"정말 그게 다입니까?"

설무백은 늘 그렇듯 무뚝뚝하게 말을 잘랐다.

"그냥 그렇게 전해 드려."

구복이 눈치 빠르게 이해하며 돌아갔다.

"예, 알겠습니다. 장군님이 나선다고 해결될 문제가 아니라 이해하고 그대로 전해 드리도록 하겠습니다. 그럼 저는 이만……."

설무백은 구복의 전갈을 듣고도 예충을 찾아가지 않았다.

이런저런 잡다한 생각으로 머리만 복잡할 뿐이지 아직 이렇다 할 방법이 없었다.

풍사가 돌아온 것이 그 무렵이었다.

어떤 과정을 겪었는지 자세한 내막은 모르겠으나, 이백에 달하는 광풍전사들과 함께였다.

"상황이 변했더군요. 덕분에 우리 애들이 불필요하게 되었어요. 주군의 머리에서 나온 계획이라고 하던데, 그런 걸 왜 저를 내보내고 나서 생각해 낸 겁니까?"

"무늬만 내 호위인 주제에 주군이라는 말이 술술 잘도 나오네. 너무 뻔뻔한 거 아냐?"

설무백은 이런저런 고민으로 머리가 복잡한 까닭에 실없이 사납게 말을 받았으나, 풍사는 대수롭지 않다는 듯 웃어넘겼다.

"약속은 지킵니다. 성질이 나서 입으로는 그따위 말도 안 되는 약속을 누가 지키냐고 악을 쓴 것뿐입니다. 앞으로도 그럴 겁니다. 같은 일이 반복되어도 약속은 깨지 않습니다. 주군은 어디까지나 주군입니다."

"아직 할아버지를 넘어 보겠다는 욕심이 남아 있어서는 아니고?"

"물론 그 부분도 절대 무시할 수 없죠."

설무백은 이제 아주 대놓고 뻔뻔스럽게 나오는 풍사의 태도에 그냥 웃어 버렸다.

과연 보통 녀석은 아니라는 생각이 들었다.

과거 전생 흑사신 시절의 그가 왜 이런 자가 있다는 사실을 몰랐을까.

이상할 정도였다.

"그래서 데려온 광풍전사들은 어떻게 하기로 했어? 돌려보내나?"

"애써 데려왔는데, 미안하게 그럴 수야 있나요. 설 장군님도 그럴 마음이 전혀 없어 보였습니다."

"다르게 쓰시겠다는 뜻인가?"

"우리 애들에게 정찰과 수색 등 대외 활동을 일임했습니다. 기존의 선풍대가 하던 임무를 맡긴 건데, 이름만 선풍대에서 광풍대로 바뀌었죠. 이미 그렇게 결정하고 계셨던 것 같습니다."

설무백은 기존에 선풍대 대주였던 이곽이 설인보의 즉결 처분으로 목이 날아간 사실을 떠올리며 물었다.

"설마 대주가……?"

"아닙니다, 저는. 저야 어디까지나 주군의 호위 아니겠습니까. 대주는 지금 광풍대의 대랑인 호화테메입니다."

"그래서 불만은 없고?"

"불만이 있을 리가 없죠. 그런 거 저런 거 다 감안해서 저를 따라왔으니까요."

"그 친구 말고, 풍사 아재 말이야."

풍사가 나름 의미심장한 미소를 드러내며 대꾸했다.

"이제 주군도 아시지 않습니까. 제가 양 노선배의 곁을 떠나기 싫어한다는 것을 말입니다. 주군이 무슨 트집을 잡고 괴롭혀도 곁에 딱 붙어 있을 작정입니다."

"어째 점점 더 뻔뻔스러워지는 것 같네? 아주 많이 컸어, 우리 풍사 아재?"

"어디 주군만 하겠습니까."

설무백은 무슨 속셈인지 뻔뻔스러움을 넘어서 전에 없던 넉살까지 부리는 풍사의 모습에 절로 미간을 찌푸리다가 문득 잊고 있던 고민이 뇌리를 스쳐서 물었다.

"지금 내가 매우 궁금한 게 하나 있는데, 솔직히 말해 봐. 자기보다 실력도 없고 까마득하게 어리기까지 한 애송이를 주군으로 모시는 심정은 어때?"

"놀리는 겁니까?"

"진지하게 묻는 거야."

풍사가 묘하다는 눈초리로 그의 기색을 살피다가 이내 피식 웃으며 대답을 주었다.

"기분 더럽죠."

"그냥 그것뿐? 다른 생각은 없고?"

"대체 진짜 알고 싶은 게 뭡니까?"

설무백은 미심쩍은 눈초리를 던지는 풍사에게 가감 없이 있는 그대로의 속내를 털어놓았다.

"내가 얻고 싶은, 아니, 가지고 싶은 그런 사람이 있어. 방금 말했던 것처럼 나와는 비교도 할 수 없이 강한 사람이지. 그래서 그래. 지금은 막막하지만, 혹시나 상대의 마음을 알면 무언가 대안이 떠오르지 않을까 해서."

풍사가 미간을 찌푸렸다.

설무백은 웃는 낯을 고개를 저었다.

"걱정 마. 풍사 아재는 아냐."

풍사의 표정이 묘하게 일그러졌다.

안심처럼도, 아쉬움처럼도 느껴지는 변화였으나, 설무백은 미처 거기까지는 신경 쓰지 못하고 있었다.

이내 납득했다는 표정으로 고개를 끄덕인 풍사가 말했다.

"세상에 자기보다 약자에 대한 충성은 없습니다. 누군가의 충성을 바란다면 상대보다 강해야 합니다. 실질적인 무력이든 아니면 가지고 있는 배경이든 상대보다 월등해야 충성을 이끌어 낼 수 있지요. 그것이 비록 공포나 위상에 눌린 충성일지라도 말입니다. 다만……."

잠시 말꼬리를 늘인 풍사가 미묘하게 일그러진 미소를 지으며 말을 덧붙여 나갔다.

"이런 경우는 있을 수 있겠죠. 상대에게 얻어 낼 것이 있다면 적어도 그것을 얻어 낼 때까지는 충성을 바칠 수 있습니다. 그것이 상대의 마음이든 아니면 다른 무엇이든 간에 말입니다."

그는 씩 하고 웃으며 말을 끝맺었다.

"저처럼 말입니다."

설무백은 느끼는 바가 있어서 가만히 고개를 저었다.

"공포나 위상에 눌려서 바치는 충성 따위는 필요 없어. 그건 충성도 뭣도 아니니까."

이건 장담할 수 있었다.

과거 전생 흑사신 시절에 그가 몸소 경험한 바였다.

전생의 그는 그를 미워하는 사람이 있으면 그걸 어떻게든 두려움으로 바꾸어 놓았다.

그를 두려워하는 사람은 의리와 상관없이 그에게 충성을 다한다고 생각했기 때문이다.

그런데 아니었다.

그건 충성이 아니라 위선이었다.

그는 최악의 상황으로, 즉, 그런 자의 배신으로 인한 죽음의 아픔으로 절실하게 그것을 깨달았다.

"……다른 건 모르겠고, 무언가 얻어 낼 것이 있으면 충성을 바친다는 말은 매우 공감이 가는군. 그게 상대의 마음이라면 더 바랄 게 없겠지만, 설령 다른 무언가라면 그걸 절대 주지도, 빼앗기지도 않으면 되니까."

풍사가 머쓱하게 물었다.

"도움이 된 겁니까?"

"됐어!"

설무백은 잘라 말하며 자리를 박차고 일어났다.

"가 보자!"

설무백은 곧장 동편 무저갱으로 갔다.

동편 무저갱의 입구를 지키는 군사들의 수장은 무저갱의

삼대장 중 하나인 마등이었다.

그런데 그는 설인보에게 어떤 지시를 받았는지는 몰라도 무백의 출입을 막지 않았다.

예충은 범상치 않은 대여섯 명의 죄수들과 함께 있다가 반갑게 그를 맞이했다.

"왔구나. 난 또 네가 약속을 잊었나 했지."

"그렇게 생각한 사람치고는 매우 편해 보이는데요."

"너를 불러들일 방법은 얼마든지 있으니까 그렇지."

"이를테면요?"

"보다시피 네 덕분에 다들 족쇄가 풀렸고, 내가 통제하고 있지 않느냐."

자기가 마음만 먹으면 사고를 쳐도 얼마든지 큰 사고를 칠 수 있다는 이야기였다.

"너무 쉽게 생각하지 마세요. 그랬다가는 전에 제가 했던 경고가 단순한 위협이 아니었다는 사실을 확인하게 될 테니까요."

"대가리 숫자를 줄이겠다는 그 말?"

"혹시 믿지 않았던 거예요?"

"그 얘기는 그만두자. 아무려나, 이렇게 왔으니 된 거 아니냐."

예충이 묘하게 일그러진 미소로 대답을 회피하며 무심결인 것처럼 풍사에게 시선을 주었다.

"그보다 이 친구는 누구냐?"

가늘게 좁아진 예충의 두 눈이 예리하게 빛났다.

풍사가 예사롭지 않은 인물임을 단번에 간파한 눈치였다.

"신경 쓰지 마세요. 그저 제 호위니까."

"신경을 쓰지 않으려고 해도 절로 신경이 쓰이는 걸. 한 번도 본 적이 없는 얼굴이라서 말이다. 네 호위가 되기 전에는 어디서 뭐 하던 애였는지 알 수 있을까?"

예충은 풍사가 군관이나 병사가 아니라는 점이 거슬리는 모양이었다.

그냥 넘어갈 수 없다는 태도였다.

이채로운 것은 그런 예충에 대한 풍사의 반응이었다.

풍사를 바라보는 예충의 눈빛처럼 예충을 바라보는 풍사의 눈도 예리하게 빛나고 있었다.

첫눈에 예충이 무공을 사용할 수 있을 정도의 내공을 가지고 있다는 사실을 간파한 것 같았다.

당황과 경계가 뒤엉킨 그의 눈빛이 그것을 대변하고 있었다.

설무백은 내심 고개를 끄덕였다.

이것으로 확실해졌다.

지난날 구복도 예충의 상태를 모르지 않았다.

이미 알고 있었던 것인지, 아니면 그날에 알게 된 것인지는 몰라도, 틀림없이 그랬다.

풍사와 구복의 능력은 그 정도를 알고 모를 정도로 크지 않은 것이다.

당시 구복은 왜 모르는 척 함구했을까?

일순 그런 상념에 빠진 설무백의 귓가로 은근히 재촉하는 예충의 목소리가 들려왔다.

"내가 알면 안 되는 거냐?"

"그럴 리가요."

설무백은 재빨리 상념의 늪에서 빠져나오며 웃는 낯으로 풍사를 소개했다.

"이름은 풍사. 예 할배가 아시는지 모르겠지만, 대막의 백색 공포라는 마적단, 광풍사의 전대 대랑입니다."

"광풍사의 대랑이었다고?"

예충이 문득 안색이 변해서 가만히 이름을 되뇌고는 풍사를 향해 불쑥 물었다.

"십일랑(十一狼) 풍백인(風伯人)과 어떤 사이냐?"

싸늘하게 노려보던 풍사가 당황스러운 기색으로 변했다.

"본인의 조부이오만, 그 어른의 존함을 아는 당신은 대체 누구요?"

"그렇군. 어째 멀끔한 허우대가 어딘지 모르게 낯설지 않다 했더니만, 외눈박이 풍백인의 핏줄이었구나."

예충이 반가운 미소를 흘리며 부연했다.

"과거 홀로 옥문관(玉門關)을 넘어온 네 조부 풍백인이 돈황(敦煌)의 낭인시장(浪人市場)을 주도하는 대복보(大馥堡)와 시비가 붙어서 크게 싸운 적이 있었다. 그때 중재자로 나섰다가 배포가 맞아서 종종 대막까지 찾아가서 술잔을 기울이던 중원의 친구가 바로 난데, 혹시 들어 본 적이 있느냐?"

풍사의 눈이 커졌다.

"도, 도귀 예충 어르신이십니까?"

예충이 기꺼운 표정으로 웃었다.

"들어 본 모양이구나."

"들어 보다마다요. 어르신의 도움이 아니었다면 절대 살아서 옥문관을 넘지 못했을 거라는 얘기를 귀에 못이 박히도록 듣고 자랐습니다."

"하긴, 그 친구가 입이 좀 싸긴 했지."

풍사가 말을 하려고 입을 열다가 말고 바닥에 넙죽 엎드렸다.

"소손 풍사가 예충 종조부(從祖父)님께 인사드립니다."

"종조부……?"

"어르신의 연락 두절을 내내 아쉬워하시다가 돌아가신 조부께서 그리 유언하셨습니다. 가당치 않지만, 혹시라도 만나게 된다면 절대 결례하지 범하지 말고 할아버지의 형제로 대하라 하셨습니다."

"그랬나, 세상 참 묘하고도 묘하구나. 여기서 옛 친구의 손자를 만날 줄이야……."

기쁜 얼굴로 고개를 끄덕이며 중얼거린 예충이 슬며시 안색을 바꾸며 설무백을 응시했다.

의미를 알 수 없이 오묘한 눈빛이었다.

대체 왜 그러나 싶었는데, 이유가 있었다.

"설마 이런 상봉을 준비한 것이 너냐?"

설무백은 예충의 오해에 실소하며 말했다.

"저를 너무 과대평가하시네요. 제게 어찌 그런 전지전능한 능력이 있겠습니까. 우연치고는 우연답지 않게 인상 깊지만, 엄연히 우연입니다. 앞서 말했다시피 저 친구는 그저 제 호위예요."

예충이 슬쩍 고개를 든 풍사에게 확인했다.

"사실이더냐?"

풍사가 대답했다.

"예, 사실입니다. 세상에 이런 우연이 다 있다니 정말 놀랍습니다."

그리고 애기치 않게 시키지도 않는 설명을 더 해서 설무백의 산통을 깼다.

"저는 그저 우리 어린 주군께서 기필코 수하로 만들고 싶은 사람이 있다는 말을 듣고 따라왔을 뿐입니다."

설무백은 당황했다.

풍사가 그 모습을 보고 눈을 끔뻑였다.

"설마 비밀이었던 겁니까?"

설무백은 얼이 빠져서 뭐라고 대꾸할 말이 떠오르지 않았다. 고의든 아니든 풍사의 말로 인해 이제 고심 끝에 찾아낸 그의 계획은 물거품이 되어 버린 것이다.

그런데…….

"수하로 부리고 싶다고? 나를?"

예충은 의외로 담담했다.

그는 화를 내지도 않았고, 어이없다거나 황당하다는 표정도 없이 그저 풍사의 말을 되뇌며 마냥 흥미로운 눈빛으로 설무백을 바라보았다.

돌발적인 풍사의 발언에 머리를 한 대 맞은 것처럼 얼빠진 표정을 짓던 설무백은 용케도 그 반응에 담긴 감정을 읽을 수 있었다.

'어쩌면……?'

설무백은 정신이 번쩍 들었다.

예충의 반응을 보니 어쩌면 달라질 게 없는 것인지도 몰랐다.

호기심은 새롭고 신기한 것을 좋아하는 마음이기 때문에 그랬다.

비록 사정을 알았더라도 약간의 자극만 더해진다면 충분히 애초의 계획이 먹힐 수도 있을 것 같았다.

"망했군요. 예상치도 못하게 비밀이 탄로 나 버렸으니 말입니다. 두 사람의 인연을 모른 내 실수니 누굴 탓할 수도 없고…….”

설무백은 마음을 다잡고 사실을 있는 그대로 인정하며 멋쩍게 웃었다.

“어쨌거나, 풍사를 대동한 것이 우연이라는 것은 이제 증명된 거겠죠?”

“저는 정말 다 아는 얘기인 줄 알고…….”

“탓하는 거 아니니까, 그 얘긴 나중에.”

설무백은 슬쩍 손을 들어서 풍사의 변명을 막으며 하고자 했던 말을 계속했다.

“사실이에요. 예 할배를 거둘 생각을 했어요. 약속대로 무저갱의 정비가 다 끝났음에도 예 할배를 찾아오지 않은 이유가 그거였죠. 이렇다 할 방법이 떠오르지 않아서 고민하느라 시간 가는 줄도 몰랐다니까요, 글쎄.”

예충이 피식 웃었다.

“결국 방법을 찾았다는 소리군. 이렇게 나를 마주하고 있으니 말이야. 어디 한번 그 계획 좀 들어 볼 수 있을까?”

설무백도 따라 웃으며 고개를 저었다.

“그렇긴 하지만, 이미 산통이 다 깨졌는데, 말해서 뭐 하겠어요. 목적이 드러났으니 시답잖게 들릴 겁니다.”

예충이 입가의 미소를 한결 더 짙게 드리우며 예리하게 말했다.

"그래도 말할 거잖아. 산통이 다 깨졌는데도 그리 태연한 것을 보면 알아도 상관없다고 생각한 것 아니냐. 그러니 뜸 들이지 어서 말고 말해 봐라. 쓸데없이 말을 돌리는 것은 정말 애들이나 하는 짓이다."

"저 애 맞는데요?"

"넌 애 아냐. 몸은 애일지 몰라도 머리는 아니다. 애늙은 이지. 그거 인정하니까, 괜한 잔머리 굴리지 말고 어서 말해 봐."

"그렇게까지 말씀하신다면야 뭐……."

설무백은 생각보다 더 예리한 예충의 심기에 놀라면서도 한편으로 보다 더 적극적으로 변한 예충의 태도에 만족감을 느끼며 말문을 열었다.

"한 가지 제안을 하려고 했어요."

"어떤 제안?"

"제 제안을 들으려면 먼저 예 할배가 확인해 줄 것이 있어요."

"어떤 확인을 해 주어야 하지?"

"우선 지속적으로 저를 만나려는 이유부터 말해 보세요."

예충이 의미심장한 미소를 보였다.

"여우 같은 네가 그걸 몰라서?"

"알지만 직접 당사자의 입으로 듣고 싶어서요."

"좋아, 말해 주지. 네 짐작대로일 거다. 너를 어떻게든 설득해서 내 제자로 삼기 위해서다."

"역시 그렇군요."

설무백은 예상과 같아서 다행이라는 표정을 지으며 새로운 질문을 던졌다.

"그럼 하나만 더, 예 할배의 내공이 완전하게 회복되려면 얼마나 걸릴 것 같습니까?"

이건 정말 예상치 못한 질문이었는지 예충의 안색이 급변했다.

설무백은 아랑곳하지 않고 은근히 재촉했다.

"설마 밝힐 수 없는 비밀인 겁니까?"

예충이 이걸 어떻게 받아들여야 할지 모르겠다는 표정으로 미간을 찌푸리다가 이내 작심한 듯 대답했다.

"빠르면 팔 년, 늦으면 구 년으로 보고 있다."

설무백은 활짝 웃으며 말했다.

"빠르네요. 저는 족히 십 년 이상 예상했는데. 아무려나, 그럼 팔 년으로 하지요."

"팔 년으로 하다니……? 뭘?"

"제안이라면 제안이고 내기라면 내기입니다. 지금부터 팔 년 후에 저와 예 할배가 비무를 하는 겁니다. 그래서 예 할배가 이기면 제가 예 할배의 제자가 되고, 제가 이기면 예 할배가 저의 수하가 되는 거죠. 이기지도 못하는 애를 제자로 거두는 건 욕심이잖아요. 안 그래요?"

천외천의
주인

"……!"

"팔 년 후라고 해 봤자, 제 나이 고작 약관(弱冠 : 20살)입니다. 게다가 제가 무참히 깨지더라도 기본기 이상은 갖춘 셈이니, 결코 제자로서 시기가 늦은 것은 아닐 테고요. 어떻습니까, 제 제안? 받아들이시겠습니까?"

예충이 묘하게 일그러진 얼굴로 미소를 흘리며 말했다.

"조부인 신창 양세기에게 무공을 배운다고 들었는데, 그걸 믿고 이러는 거라면 크게 실수하는 거다. 네놈이 제아무리 뛰어난 무재라도 고작 팔 년 만에, 아니, 지난 시간을 감안해도 십여 년 만에 그의 무공을 대성하기란 요원할 일일뿐더러, 석년의 나와 그는 어깨를 나란히 했다고 해도 좋을 만큼 비등한 경지였으니 말이다."

설무백은 내심 반색했다.

예충이 상당히 구미가 당겨하고 있지 않은가.

이럴 때 자존심을 긁는 한마디 도발은 특효약과 다름없을 것이다.

"어째 잊으신 모양이네요. 어쩌면 그때 제게 천하삼기 노야들의 모든 절기가 집대성되어 있을 수도 있다는 생각은 안 드시는 모양이죠?"

"……!"

예충의 표정이 굳어졌다.

설무백의 말마따나 천하삼기가 설무백과 밀접한 관계라

는 사실을 잠시 잊고 있던 기색이었다.

'도발이 너무 과했나?'

설무백은 너무 과한 도발에 역풍을 맞을 수도 있다는 기분이 들어서 내심 뜨끔했다.

천하의 예충도 천하삼기의 위상은 절대 무시할 수가 없는 것이다.

그러나 기우였다.

그의 짐작대로 예충의 성정은 강한 호기심과 자존심을 버릴 수 없는 무거운 자존감으로 똘똘 뭉쳐 있었다.

곧바로 흘러나온 예충의 대답이 그것을 증명했다.

"구 년!"

예충이 힘주어 다시 못을 박았다.

"팔 년이 아니라 구 년 후로 하자! 이건 나를 위해서가 아니라 너를 위한 배려다!"

설무백은 애써 반색하는 속내를 감추며 두 손을 모아 공수했다.

"좋습니다. 그렇게 하지요. 대신 저도 하나 양보해서 종종 찾아와 말동무는 해 드리도록 하겠습니다."

"폐쇄된 지역입니까?"

거처로 돌아오는 길에서 내내 이리저리 눈치를 보던 풍사
가 불쑥 물었다.

밑도 끝도 없이 받은 질문이었으나, 설무백은 무엇을 묻
는 것인지 대번에 알 수 있었다.

천하삼기였다.

"그보다 변명이 먼저 아닌가?"

"예?"

"아까 내 계획을 밝힌 거. 그거 고의지?"

"아, 아닙니다. 그때는 정말……."

"대답 잘해!"

설무백은 시선을 조금도 주지 않은 채 자못 매섭게 잘라
말했다.

"다 알고 있을 줄 알았다는 말이 다시 나오면 나 정말 너
무 실망스러워서 화가 날 것 같으니까."

풍사가 잠시 머뭇거리다가 입을 열었다.

"……죄송했습니다."

"왜 그런 거야?"

"전적으로 고의는 아니었습니다. 상대가 예 종조부라는 사
실을 알게 되자, 놀라기도 하고, 당황스럽기도 한 참에 저도
모르게 그만……."

전에 없이 냉담한 기색이던 설무백은 이제야 비로소 미
소를 보이며 말을 받았다.

"너무나도 터무니없는 짓이라고 생각해서겠지. 대가리에 피도 안 마른 어린 애송이 따위가 감히 조부의 친우인 천하의 도귀 예충을 수하로 거두겠다니 말이야. 안 그래?"

"……."

"침묵은 인정보다 더 나빠. 인정할 가치가 없을 정도로 당연히 그렇게 생각하는 거 아니냐고 반박하는 것 같잖아."

풍사가 그제야 순순히 인정했다.

"그랬습니다. 감히까지는 아니지만, 너무 허무맹랑한 것이 아닌가 하는 생각이 들었습니다."

"허무맹랑한 것이 아니라 건방지게겠지."

"뭐, 조금은……."

"지금은 어때?"

"잘 모르겠습니다."

"왜? 내 곁에 천하삼기가 있다는 걸 알게 돼서?"

"그것도 그렇고, 그냥 다시 생각해 보니 어쩌면 전혀 신빙성이 없는 얘기가 아닐지도 모른다는 기분이 듭니다."

"확실하게 말해. 내가 구 년이 지나면 예 할배를 능가할 수도 있다고 생각한다는 거야, 뭐야?"

"그럴 수도 있다는 거지 그렇다는 건 아닙니다. 어쩌면 가능할 수도 있지 않을까, 하는 그런 기분이 든다는, 반신반의라고 해 두죠."

"사설이 길다. 어쨌거나, 생각이 바뀌었다는 거잖아. 내가 예 할배를 이길 수도 있다는 것으로. 아냐?"

"맞습니다."

"이거 정말 기분이 묘하네. 무시당했다가 인정받으니, 처음부터 인정받는 것보다 더 기분이 좋은데 그래."

무언가 느끼는 바가 있었는지, 풍사가 어두워진 낯빛으로 슬며시 고개를 숙였다.

"……죄송합니다."

"입으로만 하는 사과 따위는 필요 없어. 진심이 아니면 앞으로도 그런 사과는 입에서 꺼내지도 마."

"진심입니다."

설무백은 발걸음을 멈추고 풍사를 바라보았다.

풍사가 흠칫하며 고개를 숙였다.

"정말입니다."

설무백은 어색한 표정으로 입맛을 다셨다.

내색은 삼갔으나, 사전에 계획을 발설한 풍사의 태도에 대한 분노는 이미 그에게 없었다.

그보다는 예충을 대하던 태도가, 오래전 인연을 소중히 여기는 그 모습이 그의 뇌리에 각인되어 있었다.

매사에 시큰둥하고 데면데면하던 풍사의 이면에 옛정을 소중히 여기는 그런 모습이 있다는 것이 그는 적잖게 이채로웠다.

호감이었다.

"내가 좀 그래."

설무백은 굳어 있던 표정을 풀며 불쑥 말문을 열었다.

"다른 사람에게 좀처럼 정을 안 주는 성격이야."

"압니다. 누구보다도 잘 알죠."

풍사의 대답에 픽 웃은 설무백은 한결 더 무심해진 어조로 다시 입을 열었다.

"그런데 말이야. 특히 풍사 아재는 더욱 쉽지 않아. 왠지 알아?"

"……왜죠?"

"풍사 아재의 본색을 아니까. 여차하면 어린애도 가차 없이 죽일 수 있을 정도로 독한 성격이잖아. 내 목을 따려고 했을 때부터 내게 찍혔어, 풍사 아재는."

"아니, 내가 언제……?"

반사적인 것처럼 항변하고 나서던 풍사가 일순 입을 벌린 채 그대로 굳어졌다.

울컥해서 다짜고짜 설무백의 목을 조르던 지난 과거가 기억났던 것이다.

"아, 아니, 그게, 그때는 울컥해서 그만……, 그것도 진심이 아니라, 그저……!"

"됐어. 내가 그걸 몰라서? 진심이었으면 지금 우리가 이렇게 같이 있을 것 같아?"

설무백은 과거 그날의 일이 기억난 듯 어쩔 줄 몰라하는 풍사를 향해 태연히 웃으며 눈총을 주었다.

그러다가 야릇한 표정을 지으며 재우쳐 물었다.

"그건 그렇고, 지금은 어때?"

"뭐가요?"

"아직도 내가 다른 사람과 달리 특별한 종자라는 사실을 인정하지 못하겠냐고?"

"그럴 리가 있나요!"

풍사가 정말이지 두 손, 두 발 다 들었다는 표정으로 재우쳐 말했다.

"인정합니다! 암요! 장담하는데, 세상에 주군보다 더 특별한 사람이 있다는 건 말도 안 됩니다!"

"그래, 내가 그런 사람이야. 정말 말도 안 되게 특별한 그런 사람. 물론 언제까지 그럴 수 있을지는 나도 잘 모르겠지만……."

"예?"

"아니, 그냥 그렇다고."

설무백은 불쑥 나온 속내를 서둘러 얼버무리며 사뭇 의미심장하게 다시 말했다.

"그래서 말인데, 풍사 아재. 무늬만 호위가 아니라 진짜 내 호위가 되어 볼 생각 없나?"

"……!"

풍사가 이래저래 충격의 연속이라 혼란스러운지 선뜻 대

답을 못하고 눈만 멀뚱거렸다.

"아, 지금 당장 결정하라는 소리는 아니니까, 그런 얼굴 하지 마. 시간 많아. 어디 한번 천천히 고민해 봐,"

설무백은 부드러운 낯으로 마치 놀란 어린애를 위로하듯 풍사의 어깨를 다독였다.

상대적으로 작은 키의 그인지라 발뒤꿈치를 높이 쳐드는 것으로도 부족해서 깨끼발까지 해서야 가능한 일이었다.

뒤늦게 그것을 알아차린 풍사가 물끄러미 그 모습을 바라보다가 피식 실소하며 고개를 저었다.

"주군은 아무리 봐도…….""

"또 그런다. 잊지 마, 내가 특별한 종자라는 거."

"……!"

풍사가 더는 말도 못하며 조개처럼 입을 다물었다.

설무백은 그런 그에게 불쑥 물었다.

"같이 가 볼래?"

"어디를요?"

"풍사 아재가 궁금해서 미치겠는 사람들 보러."

풍사의 눈이 다시금 튀어나올 듯이 커졌다.

"따라와."

설무백은 사뭇 강하게 풍사의 어깨를 치며 돌아섰다.

풍사가 놀라자빠질 표정으로 멍청히 서 있다가 허겁지겁 설무백의 뒤를 따라붙으며 물었다.

"설마 천하삼기……?"

설무백은 씩 웃으며 발길을 서둘렀다.

"소개시켜 주지, 귀여운 우리 할배들!"

生生과 死死

설무백에게는 내 집 안마당 같은 무저갱의 미로가 풍사에게는 지옥의 입구처럼 느껴지는 모양이었다.

연신 뒤를 돌아보며 거듭해서 이 길이 맞냐고 확인하는 풍사의 태도에는 두려움에 가까운 경각심이 가득했다.

그런 과정을 거쳤기 때문일까?

마침내 무저갱의 심처에서 매요광과 척신명을 만난 풍사의 반응은 지극히 차분했다.

섬뜩할 정도로 처참한 그들의 모습을 대면하고도 일말의 다른 내색을 하지 않았다.

대신 말도 많지 않았다.

"무명소졸(無名小卒) 풍사가 하늘 같은 노선배님을 뵙습니다.”

새우처럼 깊이 허리를 접으며 말한 이 인사가 한 시진이라는 적지 않은 시간 동안이나 그들을 마주한 풍사의 입에서 나온 말의 전부였다.

풍사는 설무백과 매요광 등이 저간의 사정을 얘기하며 농담을 주고받고, 무공 수련에 대한 이런저런 대화를 나누는 내내 꿔다 놓은 보릿자루처럼 침묵으로 일관했다.

매요광과 척신명의 태도도 그랬다.

한 시진은 짧다면 짧지만 길면 길다고 할 수 있는 시간이었으나, 매요광과 척신명은 약속이라도 한 것처럼 풍사에게 전혀 말을 붙이지 않았다.

마치 그림자로 취급하는 것 같았다.

설무백도 어쩔 수 없이 그 분위기에 동참했다.

매요광과 척신명의 마음을 어느 정도 이해했기 때문이다.

사전에 아무런 언질도 없이 데려간 풍사의 존재는 본의 아니게 운둔 생활에 익숙해진 그들에게 적잖은 우려를 자아냈을 터였다.

삼여 년의 세월을 동고동락해 온 설무백조차 이제 고작 풍사에게 마음을 열기 시작했는데, 고작 첫 만남인 그들이야 오죽하겠는가.

시간이 필요한 일이었다.

설무백은 내심 그렇게 이해하면서도 마음 한구석이 적잖

게 무거워졌다.

아무리 사정이 그렇다고 하더라도 매요광과 척신명은 필요 이상으로 냉담하게 풍사를 대한다는 사실에는 이견이 없었다.

그건 다름 아닌 경계였다.

풍사의 능력은 무백과 달리 그들에게 위해를 가할 수 있을 정도로 높다는 결론일 것이다.

본의 아니게 무백은 아직 갈 길이 멀다는 사실을 자각했다.

그 때문이었다.

그날 이후, 설무백은 보다 더 치열하게 무공 수련에 매진했다.

무공 수련을 허락한 이후부터 하루에 한 번은 어김없이 설인보 등 가족들과 식사 시간을 가졌던 그였으나, 양해를 구하고 빠졌다.

운기조식과 운기행공으로 잠을 대신했고, 이틀에 한 번 잠시 짬을 내서 매요광과 척신명을 만나거나, 가끔 예충을 찾아가 안부를 묻는 시간을 제외하면 미친 듯이 무공 수련에 몰두했다.

독기라고 불러도 좋을 인내와 끈기는 그가 생각하는 자신의 유일한 장점이었기에 그건 어렵긴 해도 해내지 못할 일은 아니었다.

그런 면에서 봤을 때, 매요광과 척신명의 존재는 그에게 가히 하늘 같은 보배였다.

제아무리 그의 머릿속에 천하를 오시할 무공의 구결이 담겨 있다고 해도 난해하다 못해 오묘한 그 무공들의 초식과 그에 따른 내공의 운용을 혼자서 해결하기란 매우 버거운 일이었다.

나름 해결한다고 해도 완전하지 못하고 부족한 면이 많아서 중도에 어긋나는 경우가 적지 않았다.

양세기와 함께할 때는 크게 인식하지 못했는데, 혼자가 되니 그와 같은 사실을 명확하게 실감할 수 있었다.

매요광과 척신명이 그런 양세기의 부제를 매워 주었다.

혼자 수련을 하다가 어긋나고 틀어지는 경우가 생기면 어김없이 그들을 찾아가 도움을 구해 바로잡을 수 있었던 것이다.

특히 내공의 운용 면에서는 절대적으로 그들의 도움을 받았다.

과도한 운용으로 혹은 부족한 운용으로 초식을 시전하다가 기혈이 뒤엉키는 경우까지 생기곤 했는데, 매요광과 척신명의 도움으로 그 부분 역시 완벽하게 해결할 수 있었다.

그리고 또 한 가지, 호재도 생겼다.

매요광과 척신명은 틈틈이 그에게 구파일방의 무공을 필두로 강호 무림에서 내로라하는 문파들의 절기도 알려 주었다.

비록 초식의 흐름과 변화에서 느껴지는 기세나 기백, 혹은 후천지기(後天之氣)의 자연스러운 발로(發露)라는 기풍(氣風)을 알려 주는 정도가 다였으나, 배우고 익히는 무공만 알고 있을 뿐, 다른 무공에 대해서는 전생이나 지금이나 무지하기 짝이 없는 그에게 있어 그것은 더없이 유익한 공부였다.

그 무렵이었다.

양세기가 돌아왔다.

설인보의 부탁 아닌 부탁을 받고 무저갱을 떠난 지 석 달 하고도 보름이 지난 어느 날의 저녁이었다.

무저갱이 발칵 뒤집어졌다.

놀랍다 못해 어처구니가 없게도, 산발한 머리와 선혈이 낭자한 그의 뒤에는 그만큼은 아니지만 역시나 핏자국과 상처투성이인 수십 명의 무사들과 그보다 조금 더 많은 수십 명의 노약자들이 따르고 있었기 때문이다.

안휘성(安徽省)과 하남성(河南省)의 성경계를 넘어 섬서성(陝西省) 북단의 자장부(子長府)를 우회하던 중에 매복을 만났다고 했다.

그리고 거기서부터 녕하(寧夏)를 거쳐 감숙성(甘肅省)을 가로

질러서 청해로 들어서기 직전까지 쫓고 쫓기는 치열한 추격전이 벌어졌다고 했다.

"장원을 정리하는 동안 별다른 주변의 동요가 감지되지 않아 너무 방심한 모양이다. 내가 은밀하게 움직이면 상대도 은밀하게 움직일 수 있다는 생각을 했어야 했는데, 척후도 세우지 않고 길을 나섰으니, 이 모양 이 꼴이 된 거지."

"말씀은 나중에……."

양화 등 가족들은 물론, 무저갱의 핵심 군관들이 전부 집결한 자리, 침통한 분위기로 가득한 내실이었다.

설인보는 담담하게 그간의 사정을 밝히는 양세기의 말을 슬며시 끊으며 탁자를 가리켰다.

"우선 요기부터 하시지요."

탁자에는 서둘러 차린 음식이 놓여 있었다.

양세기 등 양가장의 식구들이 돌아왔을 때, 설인보가 가장 먼저 수하들에게 내린 지시가 그것이었다.

양가장의 모든 식구들이 굶주림에 허덕이고 있다는 사실을 예리하게 간파한 것이다.

"그럴까, 그럼."

양세기가 가만히 수저를 들다가 좌중을 둘러보며 미간을 찌푸렸다.

"무슨 구경났냐? 늙은이가 밥 먹는데, 그리들 죽을상을 하고 있으면 어쩌자는 게야? 다들 나가라. 밥이 코로 들어가는지 입으로 들어가는지 모르겠다!"

설인보가 왕인 등 삼대장을 위시한 수하 군관들을 향해 손을 내젓고, 양화도 유모 냉연을 비롯한 한당과 곽상 등에게 물러가라는 눈짓을 보냈다.

설무백도 덩달아 문가에 서 있던 풍사에게 나가라는 시늉을 했다.

그렇게 그들 모두가 밖으로 나가고 나자, 양세기가 탁자 앞으로 의자를 당기며 설무백을 불렀다.

"와서 앉아라. 같이 먹자."

"그럴까요?"

설무백은 애써 웃는 낯으로 고개를 끄덕이며 양세기의 맞은편에 앉았다.

지금은 이유 여하를 막론하고 할아버지 양세기의 뜻에 따라 주는 것이 도리였다.

어쩌면 이것이 양세기와의 마지막 식사일지도 모른다는 사실을 그는 본능적으로 느끼고 있었다.

설인보와 양화도 그걸 느끼는 것일 터였다.

조용히 자리에서 일어나서 한쪽으로 비켜났다.

다들 무심함을 가장하고 있지만, 평소 더없이 각별하게 지내던 할아버지와 손자만의 시간을 주려는 것이다.

"설마 이 할아비 없다고 그동안 농땡이만 부리고 있었던 건 아니지?"

양세기가 젓가락으로 동파육(東坡肉) 한 점을 크게 떼어 내서 입으로 가져가며 넌지시 물었다.

"설마 그럴 리가 있나요. 제가 할아버지의 무공을 얼마나 좋아하는지 잘 아시지 않습니까."

설무백은 말도 안 된다는 듯이 대꾸하고는 검붉게 구운 오리 다리 하나를 뜯어 양념을 발라서 꾸역꾸역 먹기 시작했다.

마음을 독하게 다잡고 있음에도 불구하고 목이 메어서 좀처럼 잘 넘어가지 않았다.

"그야 알지. 알기는 알지만⋯⋯."

웃는 낯으로 말하며 동파육을 우물거리는 양세기의 입가로 검붉은 핏물이 흘러내렸다.

양화가 반사적으로 나서려다가 멈추었다.

설인보가 그녀의 소매를 잡으며 고개를 젓고 있었다.

설무백도 모른 척했다.

이런 감정은 정말 싫었다.

차라리 외면해 버리는 게 나은데, 차마 그럴 수 없으니 정말이지 참담한 기분이었다.

그런 그들의 반응을 아는지 모르는지, 양세기가 슬쩍 소매로 입가의 핏물을 닦으며 말을 이었다.

"원래 늙으면 다 그렇다. 네 녀석처럼 맹랑한 아이의 말은 좀처럼 믿기 어려워지는 게야."

말이 끝나기도 전에 슬며시 내밀어진 그의 젓가락이 돼지

고기를 갈아서 속으로 만든 소롱포(小籠包) 하나를 지그시 눌렀다.

오리 다리 하나를 이미 다 뜯어서 꾸역꾸역 삼킨 설무백이 젓가락으로 잡아 가던 소롱포였다.

설무백은 별다른 생각 없이 양세기가 누른 소롱포를 놓고 다른 소롱포를 잡았다.

양세기의 젓가락이 따라와서 그 소롱포도 지그시 눌렀다.

설무백은 그제야 고개를 들고 양세기를 보고는 이유를 알게 되었다.

그늘진 눈가와 달리 별처럼 반짝이는 양세기의 눈빛이 그것을 말해 주고 있었다.

설무백은 씩 웃고는 순간적으로 젓가락을 좌우로 놀려서 양세기의 젓가락을 벌리며 소롱포를 들었다.

타닥─!

반사적인 것처럼 빠르게 튀어 오른 양세기의 젓가락이 입으로 당겨지던 설무백의 젓가락에서 소롱포를 낚아챘다.

"어럼……!"

'없다'는 말은 미처 양세기의 입에서 나오지 못했다.

설무백이 젓가락을 들지 않은 왼손을 내밀어서 그의 젓가락에 잡힌 소롱포를 빠르게 낚아챘기 때문이다.

상당한 경지를 이룬 금나수(擒拿手)!

"손으로 먹는 소롱포도 일미지요."

"손이 네 녀석만 있다더냐?"

설무백이 재빨리 입으로 가져가던 소롱포가 허공으로 떠올랐다.

양세기가 그와 마찬가지로 젓가락을 들지 않는 손을 번개처럼 내밀어서 소롱포를 잡아가는 그의 손등을 친 것이다.

설무백은 젓가락을 내던지며 다급히 자리에서 일어나 허공에 뜬 소롱포를 향해 손을 내밀었다.

체구의 차이 때문에 앉아서는 도저히 상대가 될 수 없다는 판단이었다.

"요 녀석이⋯⋯!"

양세기가 미소를 지으며 손가락을 튀겼다.

날카로운 파공음이 터지더니 설무백의 손에 잡히기 직전이던 소롱포가 반으로 갈라져 나갔다.

설무백은 두 팔을 빠르게 좌우로 펼쳤다.

흩어지던 두 조각의 소롱포를 동시에 잡아채 가는 손 속이었다.

양세기가 이채로운 눈빛을 드러내며 재차 손가락을 튀겼다.

날카로운 파공음이 연속해서 울리며 두 조각의 소롱포가 네 조각으로 변하고, 그 네 조각이 다시금 저마다 반으로 갈라져서 여덟 조각으로 바뀌었다.

설무백은 앞서와 달리 이번에는 당황하지 않았다.

양세기의 공격이 연속으로 이어질 것임을 이미 직감했기 때문인데, 그래서 곧바로 변화된 그의 손 속도 더없이 부드러웠다.

휘릭-!

좌우로 뻗어지던 그의 두 손이 각기 수십 개의 원을 그리듯 현란하게 휘저어졌다.

순간, 저마다 반으로 갈라지는 여파로 사방으로 튀어 나가던 여덟 조각의 소롱포가 거짓말처럼 그의 수중으로 들어갔다.

너무나도 빠르게 낚아채는 바람에 마치 흩어지던 소롱포가 한꺼번에 저절로 그의 손으로 흡수되는 것 같은 모습이었다.

"십자경혼창!"

설마 하면서도 다음 수를 준비하던 양세기가 그대로 굳어지며 탄성을 내질렀다.

설무백은 그사이 수중에 들어온 여덟 조각의 소롱포를 입에 넣으며 자리에 앉아서 처음으로 밝은 미소를 보여 주었다.

"창이 아니라 손으로 펼쳤습니다. 십자경혼창이 아니라 십자경혼수(十字驚魂手)라고 해야 할 겁니다."

양세기가 두 눈이 휘둥그레져서 물었다.

"설마 너 혼자 그걸 그렇게 변환시킨 거냐?"

"여기저기서 약간의 조언을 받기는 했지만, 거의 혼자 완성했습니다. 매일 배운 것만 수련하는 게 지겨워서 틈틈이 십자경혼창의 공격 범위를 지근거리로 당기는 변화를 준 건데, 어떻습니까? 제법 쓸 만하지요?"

"……!"

양세기는 벌어진 입을 다물지 못하고 있었다.

그리고 그런 반응을 보인 것은 그만이 아니었다.

설인보와 양화도 그처럼 놀라서 눈을 크게 뜨고 있었다.

다만 설인보는 그저 설무백의 현란한 동작에 놀란 것에 불과했지만, 양화의 놀람은 양세기의 놀람과 같은 엄청난 것이었다.

그럴 수밖에 없었다.

무릇 병기를 사용하는 모든 무공이 다 그렇듯, 십자경혼창은 애초에 창을 쓰기에 적합하게 만들어진 것이고, 오랫동안 거기에 접합하도록 개량되며 다듬어진 창법이었다.

따라서 그걸 다른 방식으로, 즉 지금 설무백이 보여 준 것처럼 병기가 아닌 맨손으로 바꾼다는 것은 참으로 정밀한 변형과 오랜 수련의 과정이 필요한 과업이었다.

요컨대 완전히 다른 무공임으로 새로운 무공을 만드는 것과 다름없다고 말해도 절대 과언이 아닌 작업인 것이다.

그런데 설무백은 불과 석 달여 만에 그런 엄청난 일을 해냈다고 한다.

무공을 아는 사람이라면 누구나 다 기절초풍할 정도로 경악할 만한 상황이었다.

　"과연 하늘이 무심치 않아 노부의 염원을 외면하지 않으시는구나!"

　양세기는 더없이 기꺼운 표정으로 하늘을 우러렀다.

　이내 그는 설인보와 양화를 바라보며 조용히 말했다.

　"잠시 자리 좀 비켜 주겠느냐?"

　설인보의 안색이 어두워지고, 양화는 지그시 입술을 깨물며 하늘이 무너질 것 같은 표정을 지었으나, 거절하지 못하고 묵묵히 예를 취하며 밖으로 나갔다.

　그것이 그들, 두 사람이 살아 있는 양세기를 본 마지막 시간이었다.

　"사람의 능력이 무엇으로 결정되는지 아느냐? 가없는 총명함? 끈질긴 인내? 무지막지한 독기? 대해를 가르는 엄청난 무공? 아니다. 다 아니다. 사람의 능력은 그 사람이 가진 그릇의 크기로 결정되는 법이다. 저마다 가지고 있는 그릇의 크기가, 그 그릇에 얼마나 많은 것을 담을 수 있느냐가 그 사람의 능력을 결정한다. 그런 면에서 이 할아비는 네 아비보다도 능력이 부족한 사람이다. 그래서 네 아비는 가족을 지켰고, 이 할아비는 가족을 지키지 못한 거다."

　모두 밖으로 나가자 양세기의 입에서 흘러나온 탄식이었다.

설무백은 그게 아니라는 반대 의견을 대라면 하루 종일도 말할 수 있었으나, 조용히 듣고만 있었다.

어떤 일에 대한 생각이나 견해는 사람마다 다를 수밖에 없다.

살아온 인생이 다르니 사물을 보고 분별해서 가지는 개념이나 인식, 관념 또한 같을 수 없는 것이다.

무엇보다도 지금은 양세기의 말을 끊을 수 없었다.

양세기가 마지막 남은 생명의 불꽃을 태우고 있다는 사실을, 그는 벌써부터 느끼고 있었다.

"이 할아비도 전에는 아니, 여태껏 그것을 부정하고 살았다. 하지만 이제는 알게 되었고, 그래서 너에게 무공을 사사한 것을 무척이나 후회하고 있단다. 후계를 도모하고자 하는 욕심에 눈이 멀어서 어린 너를 사람이 아니라 도구로 본 것은 아닌가, 심히 부끄럽구나."

설무백은 문득 의심이 들었다.

지금 마주하고 있는 양세기의 태도는 진심일까, 아니면 자신조차 속이는 가식일까?

타고난 사람의 기질은 쉽게 변하지 않는다.

노력으로 약간은 변할 수 있을지 몰라도, 어느 한 시점의 경험으로 완전히 바뀌지는 못한다.

그래서 천성이라는 것이다.

멀리 갈 것도 없이 그 자신만 봐도 그것을 어렵지 않게 알

천외천의
주인

수 있다.

죽어 가는 외할아버지의 유언을 들으면서도 의심부터 하고 있지 않은가.

이건 분하고 억울한 전생의 죽음으로 인해 그가 얻은 이번 생의 천성일 것이다.

그러니 이건 순전히 순간의 회한일 텐데, 아무리 박하고 모진 기질을 가지고 태어난 그라도 죽어 가는 외할아버지의 참회를 외면하는 것은 도리가 아닐 터이다.

"제가……."

설무백은 참지 못하고 말했다.

"자청한 일입니다. 할아버지가 아니라 제가 선택했습니다. 싫었다면 싫다고 얘기했을 겁니다. 아시잖아요. 소손이 그 정도는 되는 능구렁이라는 거 말입니다."

양세기가 희미하게 웃었다.

"후회하는 것이 아니다. 이제 와 후회한다면 그간의 시간을 부정하는 것이니 이 할아비의 인생이 너무 허망하지 않겠느냐. 그러니 그냥 그렇다는 거다. 더 이상 이끌어 주지 못하는 것이, 네게 순수한 정을 주지 못한 것이 미안해서……."

"걱정하지 마십시오. 아직 몸으로 실현할 수 없을 뿐, 할아버지에게 배운 것은 모두 정확하게 기억하고 있습니다. 제게는 그 기억들이 할아버지가 제게 주신 정입니다."

"너무 조숙한 것이 걱정이었는데, 이제는 그게 다행이다

싶구나."

양세기가 기꺼운 얼굴로 가만히 중얼거리고는 이내 말없이 두 손을 내밀었다.

"손을 내밀어라."

설무백은 시키는 대로 손을 내밀었다.

"이 할아비가 네게 주는 마지막 선물이다."

양세기가 또 하나의 팔뚝처럼 팔뚝에 차고 있던 굵은 단창을, 바로 작게 줄여 놓은 그의 독문병기, 양쪽에 창날이 달린 흑린(黑鱗)을 면전에 내려놓고 불쑥 그가 내민 두 손을 잡았다.

설무백은 절로 움찔했다.

너무 뜨거워서 오히려 차갑게 느껴지는 열기가 두 손을 통해 무섭게 타고 들어오고 있었다.

비명을 지르려다가 겨우 참은 그의 귓가로 우렁우렁 공기를 울리는 듯한 양세기의 목소리가 들려왔다.

"뜨거우면서도 차갑고, 굳세면서도 부드러우며, 무거우면서도 빠르고, 날카로우면서도 다채로운 것이 바로 천지일기공의 오의다. 이 할아비는 그간 네게 천지일기공에 내포된 극양(極陽), 극강(極剛), 극중(極重). 극속(極速)의 기운을 이미 전해 준 바, 오늘 나머지 극음(極陰), 극유(極柔), 극이(極利), 극환(極幻)의 기운을 마저 전해 줌으로써 부끄럽지만 양가창의 후예로 태어난 마지막 소임을 다하고자 한다."

천외천의
주인

설무백은 극강의 열기와 극강의 냉기로 전신이 이글이글 타들어 가다가 다시 싸늘하게 얼어 버리는 것처럼 반복되는 고통을 느끼면서도 이를 악물고 버티며 정신을 잃지 않고 양세기를 바라보았다.

역시나 그를 바라보며 서서히 시들어 가는 양세기의 마지막 모습을 놓치지 않기 위해서였다.

양세기가 눈을 감으며 말했다.

"아가야, 너는 천하의 누구에게도 이 할아비와 같은 모습을 보이지 않는 사람이 되었으면 한다. 부디 천하의 그 누구에게도 휘둘리지 않고 네 소신을 지킬 수 있는 사람이 되거라."

당대 양가창의 전인으로, 천하 사대 창술의 명인이며 천하십대고수의 하나인 신창 양세기는 그렇게 머나먼 타향에서 외손자의 두 손을 마주 잡은 채로 인생의 최후를 맞이했다.

그리고 그가 평소 바라는 바대로 소박한 사흘의 장례를 통해서 흙으로 돌아갔다.

"말씀해 주세요, 누굽니까?"

양세기의 장례를 끝낸 다음 날이었다.

설인보와 양화는 동이 트기도 전에 거처로 찾아와서 밑도 끝도 없이 묻는 아들 설무백의 모습을 매우 당황스러운 기색으로 바라보았다.

"대체 무슨 말을 하는 것이냐?"

"아시지 않습니까. 할아버지를 사지로 내몬 자가 누군지 알고 싶습니다."

"네가 그걸 알아서 어쩌자는 게야?"

"뭘 어쩌자는 게 아니라 그냥 알고 싶을 따름입니다. 말씀해 주십시오. 누굽니까?"

설무백의 닦달에 당황한 기색을 보이던 설인보가 이내 안색을 바꾸며 자못 준엄하게 호통을 쳤다.

"어른께서 끝내 언급하지 않으셨다는 것은 네가 아는 것을 바라지 않으셨다는 뜻이 아니겠느냐. 그리 알고, 그냥 물러가거라."

"아버님은 알고 계시다는 뜻이네요. 알겠습니다. 그럼 그냥 제가 알아보도록 하지요. 아버님이 아신다면 다른 사람 중에도 아는 이가 있을 테지요. 이른 시간에 죄송했습니다."

설무백은 어디까지나 정중하게 인사하며 자리를 털고 일어났다.

그제야 그의 의중을 바로 읽은 설인보가 준엄하게 굳어졌던 인상을 풀며 말했다.

"맹랑한 녀석! 알고자 온 것이 아니라 허락을, 아니, 통보를 하려고 온 게로구나! 대체 무슨 일을 벌이려는 게냐!"

그랬다.

단지 알고자 했으면 설인보나 양화를 통해서가 아니라 다른 경로를 통해서도 얼마든지 알 수 있었다.

다만 그는 왠지 모르게 이번 일은 뒤에서 쉬쉬하며 행동하기 싫었다.

적어도 그가 이번 일로 매우 화가 났으며, 그로 인해 무언가를 할 것이라는 사실을 모두에게 알리고 싶었다.

그래야 그가 지난 사흘 내내 고민 끝에 결정한 계획을 보다 수월하게 진행할 수 있을 터였다.

"너무 걱정하시 마십시오, 아버님. 지금 당장 나설 생각은 없습니다. 다만 상대가 누군지 알아야 제대로 된 준비를 할 게 아니겠습니까."

"복수를 하겠다. 다만 지금은 부족하니 나서지 않는 대신에 그에 따른 준비를 하고 싶다. 그런데 그게 내 도움이, 아니, 허락이 필요한 일이다."

설인보가 매서운 눈초리로 설무백을 직시한 채 지극히 사무적인 목소리로 주절주절 읊고는 말미에 물었다.

"이 소리렷다?"

놀랄 정도로 예리한 지적이었다.

설무백은 잠시 고민하다가 마음을 다잡으며 말문을 열었다.

"무공을 배우기 시작한 것은 그저 무공이 좋아서였습니다. 운명이라고 느꼈습니다."

사실은 다른 사연도 있었고, 그게 더 크고 절실한 이유였다.

하지만 아무리 그래도 거기까지 털어놓을 수는 없었다.

"그런데 이제 새로운 목표가 생겼습니다."

이건 추호도 가감 없는 진심이었다.

"할아버지의 복수를 하겠다는 것이냐?"

"그건 손자로서 마땅히 해야 할 일이니, 부수적인 사안에 지나지 않습니다."

준엄하던 설인보의 얼굴이 적잖게 일그러졌다.

"대체 무슨 생각을 하는 것이냐?"

"그 누구에게도, 설령 상대가 황제일지라도 절대 휘둘리지 않는 사람이 되려고 합니다."

"……!"

설인보가 절로 동그랗게 커진 두 눈을 끔뻑였다.

실로 예상치 못한 대답이었던 것이다.

너무나도 원대해서 허망하게까지 들리는 희망이 아닌가.

그는 실소하며 물었다.

"황제에게도 휘둘리지 않는 사람이 되는 것이 목표다?"

"예, 그렇습니다."

"왜? 어째서?"

"할아버지께서 제게 해 주신 말씀입니다. 제가 그런 사람이 될 수 있을지는 모르겠지만, 적어도 노력은 해 봐야겠습니다."

설무백의 선뜻 반박을 못 하다가 이내 언성을 높여서 화를 냈다.

"무슨 그런 말도 안 되는, 세상천지에 그런 사람이 어디에 있더란 말이냐!"

"있긴 있지요."

설무백의 입에서 나온 대답이 아니었다.

내내 침묵하고 있던 양화의 입에서 나온 대답이었다.

설인보가 어처구니가 없다는 표정으로 양화를 바라보았다.

양화가 그의 시선에 반응해서 다시 말했다.

"무림에 우뚝 서면 됩니다. 우리는 그를 천하제일인(天下第一人)이라고 부르지요."

설인보가 거대한 쇠뭉치로 머리를 한 대 맞은 듯한 표정으로 헛웃음을 흘리며 말을 더듬었다.

"처, 천하제일인……?"

설무백은 지그시 어금니를 악물었다.

설인보의 태도를 충분히 이해할 수 있었다.

사실 누구라도 터무니없고 허무맹랑한 소리라고 웃을 터였다.

이제 고작 약관도 안 되는 아이가 천하제일을 논하고 있으니, 어찌 우습지 않겠는가.

게다가 솔직히 말하면 지금의 그 역시 바람이 든 것인지도 몰랐다.

전날 천하제일을 노려보라는 매요광의 말은 그처럼 그를 더없이 들뜨게 했고, 천하의 그 누구에게도 휘둘리지 말라는 할아버지 양세기의 유언도 그렇게 그의 피를 끓게 했으니까.

그러니 이쯤에서 한발 물러나는 것도 나쁘지 않을 것이다.

꿈은 꿈으로 만족하는 어른들의 입맛을 적당히 맞춰 주는 것도 그 또래의 아이가 마땅히 가져야 할 도리가 아닐까?

"되고 안 되고는 중요하지 않습니다. 그걸 바라보고 노력한다는 사실이 중요한 거라고 생각합니다."

설인보의 안색이 살짝 변했다.

흔들리는 감정이 여실히 드러나는 모습이었다.

설무백은 그 모습을 예리하게 주시하며 못을 박듯 다부진 어조로 말을 덧붙였다.

"생전의 할아버지께서는 늘 제게 그와 같은 격려를 아끼지 않으셨습니다. 저를 천하제일의 고수로 만들어 줄 수는 없을지 몰라도, 저를 거치지 않고는 절대 천하제일의 고수가 될 수 없는 절대의 고수로 만들어 주겠노라고 하셨습니다. 저는 그와 같은 할아버지의 유지를 받들고 싶습니다."

양화가 보란 듯이 활짝 웃는 낯으로 응원했다.

"아무렴, 그렇고말고. 꿈은 원대하게 가질수록 좋고, 목표는 높게 세울수록 좋은 법이다. 가히 동기부여가 되는 일이지. 부모로서 어찌 그런 자식의 포부를 반대할 수 있을까."

그녀는 설인보를 바라보며 부드러우면서도 일면 예리한 느낌을 주는 어조로 말을 끝맺었다.

"안 그렇습니까?"

설인보는 이러지도 저러지도 못하겠는지 잠시 곤혹스러운 표정을 짓다 길게 한숨을 내쉬며 설무백을 바라보았다.

"자식의 꿈을 막은 아비는 되고 싶지 않다. 다만 그런 꿈을 꾸는 네게 이 아비가 해 줄 수 있는 것이 무엇인지는 아직 전혀 감도 오지 않는구나. 차차 생각해 보마. 그리고 네 외조부 일은 왕인에게 가 보거라. 이번 일은 나보다 그 녀석이 더 자세히……."

"그보다……."

양화가 다시 끼어들었다.

"채웅(蔡雄) 제부(弟夫)가 더 나을 것이다. 어차피 왕 군관도 양설(梁雪)과 담 제부에게 전해 들었을 얘기니까."

"그렇게 하려무나."

설인보가 이제 두 손 두 발 다 들었다는 표정으로 허락하고는 곧바로 끝까지 여지를 남겨 두는 말을 설무백에게 건

넸다.

"사정을 알고 난 연후에 결정할 네 얘기는 그때 가서 다시 들어 보도록 하마."

양화의 하나뿐인 동생인 양설의 남편으로, 설무백에게 이모부가 되는 채웅은 팔 척에 달하는 건장한 체격에 어울리게 걸걸한 목소리를 가진 호걸풍의 사내였다.

얼핏 보기에는 사십 대로 보이나 실제는 오십 대 후반이라는 그는 일찍이 무명소졸이던 약관의 나이에 양가장의 말단 무사가 되었다가 우연찮게 양설과 눈이 맞아서 데릴사위로 눌러앉은 사람이었다.

하지만 그와 같은 사실을 굳이 숨기지 않으면서도 매사에 당당해서 외모만이 아니라 속도 호걸이라는 것이 세간의 평판이었다.

그런 세간의 평판은 틀리지 않았다.

이른 시간에 찾아온 생면부지의 어린 조카를 싫은 기색 하나 없이 맞이한 것은 그렇다 쳐도, 방문한 이유를 밝히자 무시하거나 외면하기는커녕 스스럼없으면서도 성심성의껏 자신이 아는 내용을 알려 주는 그의 태도는 정말이지 호걸이라는 평판에 어울린다는 것이 설무백의 첫인상이었다.

각설하고, 채웅이 간헐적으로 자신의 판단까지 가미하며 세세하게 전해 준 이야기를 간단하게 추리면 이랬다.

우선 매복자들은 관부나 대내무반의 고수들만이 아니었다.

그들 중에는 무림사마(武林四魔)의 두 사람인 혈목사마(血目邪魔) 담황(談荒)과 팔황신마(八荒神魔) 냉유성(冷流星)이 함께 있었다는 것이 그의 추론이었다.

추론이라는 것은 말 그대로 사실에 비추어 추정한 것, 바로 추측해서 판단한 것이다.

매복에 당한 현장에 있었고, 장장 수천 리 길을 쫓고 쫓기는 추격전에서 양세기와 함께 싸운 사람이 적을 고작 추정할 수밖에 없는 것에는 그만한 사연이 있었다.

사백에 가까운 매복자들은 하나같이 검은 복면으로 정체를 숨겼던 것이다.

"하다못해 저마다 병기까지 불빛을 받아도 반사하지 않는 칙칙한 먹빛이었네. 야간의 기습을 작정한 듯 완전한 검은 일색이었지. 하나 내가 본 그자들은 틀림없이 담황과 내유성이었어. 장담하네. 목숨을 걸어도 좋아!"

기풍(氣風)이라는 것이 있다.

기세나 기백 또는 후천지기의 자연스러운 발로라고 말할 수 있는 그것은 의도적으로 숨긴다고 해서 숨길 수 있는 것이 아니다.

어중이떠중이에게는 해당되지 않는 얘기이나, 일가를 이룰 정도의 고수들의 경우는 그렇다.

채웅은 그자들에게서 그것을 느꼈다고 했다.

비록 병기도 다르고 본연의 절기가 아닌 무공을 사용했으나, 그들의 움직임 하나하나에서 틀림없이 혈목사마 담황의 독문절기인 구유음명신공(九幽陰銘神功)과 공팔황신마냉유성의 독문절기인 화령신공(火靈神功)의 기풍을 느꼈다는 것이다.

설무백은 그 모든 채웅의 설명에 절로 고개를 끄덕일 수 있었다.

일찍이 매요광을 통해서 무공의 기풍에 대한 공부를 한 까닭에 충분히 수긍이 가는 얘기였다.

그렇듯 사전의 전모를 밝힌 채웅은 분한 표정 가운데 허탈한 심사를 드러내며 자신의 의견을 피력했다.

"이건 황궁과 관부, 무림이 한통속으로 꾸민 일이 분명하네. 그렇지 않고는 절대 벌어질 수 없는 일이야."

"왜 그렇게 확신하시는 거죠?"

"대내무반의 고수들과 육선문의 정예들이 대거 나섰고, 전쟁을 방불케 하는 싸움이 벌어졌는데도 포쾌(捕快 : 요즘의 경찰) 하나 눈에 띄지 않았네. 게다가 거긴 북부 지역이라고는 하나 엄연히 섬서성일세. 도저히 그럴 수가 없는 일이야."

설무백은 지그시 입술을 깨물었다.

다른 걸 다 떠나서 장소가 섬서성이라는 말이 매우 의미심장했다.

그는 그 의미를 깊게 되새기느라 잠시 침묵하고 있었는데, 문가에 서 있던 풍사가 그의 태도를 오해한 듯 나섰다.

"무림의 일은 잘 모르시오."

풍사는 설무백이 무림에 대해서 백지와 다름없다고 생각했다.

그간 설무백이 의도적으로 무림에 대해서는 일체 아무런 내색도 하지 않았기 때문이다.

"아……!"

채웅이 이해한다는 듯 서둘러 설명했다.

"섬서성에는 구파일방의 중추를 이루는 화산파(華山派)와 종남파(綜南派)가 있네. 다시 말해서 섬서성은 화산파와 종남파의 영역이나 다름없다는 뜻일세. 조카님이라면 자기 집 앞마당에서 근본도 모르는 놈들이 난장판을 피우며 싸우는데 나 몰라라 가만히 숨죽이고 있겠나?"

"……!"

설무백은 이미 납득하고 있는 사실이었으나, 굳이 고개를 끄덕이는 것으로 수긍하는 표시를 했다.

채웅이 그런 그의 태도에 아랑곳하지 않고 사납게 두 눈을 희번덕거리며 부연했다.

"하물며 화산파와 종남파는 그동안 우리 양가장과 적잖은 친분을 쌓았네. 적어도 장인어른과는 그랬어. 잦은 교류는 없었으나, 때마다 장인어른께 안부를 묻거나 선물도 보내곤 했으니까. 그런데…….”

그는 다시 생각해도 분통이 터진다는 듯 두 주먹을 불끈 쥐며 부들부들 떨었다.

“코빼기도 보이지 않았어! 그들이 그렇듯 침묵했다는 것은 그들도 이번 일에 무언의 동의를 했다고 봐야 하네!”

“음!”

설무백은 저도 모르게 침음을 흘렸다.

전생에 흑도로 구르던 그는 강호 무림에서 구파일방이 차지하는 비중이 얼마나 다대한지 누구보다 잘 알고 있었다.

그는 문득 떠오르는 것이 있어서 물었다.

“오래전부터 강남 무림과 강북 무림이 험악하게 대치하고 있다는 얘기를 들었습니다. 비록 할아버지가 중립을 고수하셨다지만, 그런 마당에서 화산파 등이 담황과 냉유성의 발호를 그리 무시한다는 게 말이 되나요?”

혈목사마 담황은 신마루(神魔樓)라는 거대 흑도를 이끌고 있고, 팔황신마 냉유성은 생사천(生死天)이라는 거대 조직의 수장이다.

그리고 그들, 단체는 공히 남맹(南盟)이라는 강남 무림의 연합에 속해 있으며, 화산파와 종남파는 엄연히 북련(北聯)이라는 강북 무림의 연합에 속해 있다.

"말이 된다네."

채웅이 무슨 생각인지 안다는 듯 고개를 끄덕이며 말했다.

"구파일방이 정도의 기둥이니 어쩌니 하지만, 어차피 그들도 실리를 따지고 이득을 얻어 먹고사는 강호의 문파일 뿐이네. 오월동주(吳越同舟)라는 말도 있다시피 필요하다면 그들 역시 그보다 더한 짓도 서슴없이 저지를 걸세. 물론 대놓고는 창피하니 뒷구멍으로 할 테지. 이번의 경우가 그런 거라고 나는 믿어 의심치 않고 있네!"

사실이 그렇다면 화산파 등이 대체 무엇이 필요해서 이번 일을 묵인한 것인지에 대해서는 굳이 묻지 않아도 능히 짐작이 갔다.

제아무리 강호 무림을 오시하는 거대 문파라도 황궁의 눈밖에 나는 것은 두려웠을 터였다.

그런 그의 짐작을 아는지 모르는지, 채웅이 그와 같은 설명을 늘어놓았다.

"듣자 하니 남맹이나 북련의 내부에 따로 세가연맹(世家聯盟)까지 생겼다고 하네. 저마다 파벌이 생긴 건데, 그런 와중에 황궁의 눈에 거슬리는 짓은 할 수 없었을 게야. 가뜩이나 복잡한 형국이 더욱 복잡해질 테니, 어림없는 일이지."

"그보다……."

설무백은 이미 짐작하고 있던 일이라 더는 그에 대해서 따지지 않고 말문을 돌렸다.

"담황이나 냉유성의 실력은 할아버지와 비교해서 어느 정도입니까?"

사실을 말하자면 설무백은 흑도의 거마인 담황이나 내유성의 능력을 익히 잘 알고 있었다.

다만 시기가 다른 것이다.

전생 흑사신 시절의 그들과 지금의 그들이 가진 능력이나 무림의 비중은 차이가 적지 않을 수도 있기에 확인이 필요했다.

"장인어른보다는 당연히 하수지. 그러나 그 차이가 어느 정도인지는 잘 모르겠네. 그들의 합공에 장인어른께서 당하셨으니, 대충 혼자서는 감당할 수 없는 정도라고 유추해 볼 수 있겠지."

설무백은 내심 탄식이 절로 나왔다.

합공으로 할아버지 양세기를 상대할 수 있는 실력자들이라면 지금의 그로서는 감히 쳐다볼 수도 없는 경지의 고수들이었다.

아무래도 지금까지 그가 고심해서 내린 결정을 뒤집어엎는 궁극의 결단이 필요할 것 같았다.

"마지막으로 하나만 더 묻겠습니다. 저에 대해서 들은 얘기가 있었습니까?"

채웅이 웃는 낯으로 바라보며 반문했다.

"그걸 왜 묻지?"

"생면부지의 이모부가 약관도 안 된 조카를 이처럼 극진하게 대하며 사전에 준비한 것처럼 정확하게 지난 일을 설명해 주시니까요."

"과연……!"

설무백의 대답을 듣기 무섭게 탄성을 흘린 채웅이 활짝 웃는 낯으로 원하는 답변을 내놓았다.

"조카님이 범인과 다르다는 것은 장인어른께 귀에 못이 박이도록 들었다. 그래도 설마 했는데, 전날 형님께서 찾아와서 말해 주더군. 조만간 조카님이 나를 찾아올 수도 있을 거라고 말이네."

'역시……!'

설무백은 내심 고소를 금치 못했다.

어쩌면 그럴지도 모른다는 짐작을 했는데, 과연 그랬다.

설인보는 그의 머리 위에 앉아 있었다.

냉담하게 시치미를 뗐으나, 이미 오늘의 일을 예견하며 벌써 채웅을 찾아왔었던 것이다.

'하지만!'

지금 그가 이모부 채웅을 통해서 사건의 전말을 전해 듣고 내린 결정은 제아무리 뛰어난 머리를 가진 아버지 설인보라고 해도 짐작은커녕 상상도 하지 못할 터였다.

"고맙습니다, 이모부님. 조만간 정식으로 다시 찾아뵙고 인사드리겠습니다."

설무백은 아무리 봐도 적응하기 쉽지 않다는 식의 눈치로 바라보는 채웅을 뒤로한 채 서둘러 발길을 재촉했다.

마음의 결정을 내렸으니, 이제 아버지 설인보를 만날 시간이었다.

"뭐, 뭐라고?"

과연 설인보는 화들짝 놀랐다.

예상대로 짐작은커녕 꿈에서조차 상상하지 못한 얘기를 들은 사람의 반응이었다.

설무백은 차분하다 못해 냉정하게 다시 말했다.

"광풍대를 제게 맡겨 주십시오."

설인보의 안색이 굳어졌다.

"내가 지금 그걸 제대로 듣지 못했을까 봐 다시 말하는 게냐?"

설무백은 더없이 정중하게 허리를 접어서 바닥에 머리를 조아렸다.

"부탁드리겠습니다, 아버님."

설인보가 분노했다.

"말귀를 알아듣지 못하고, 분위기 파악도 제대로 못 하는

구나. 이게 지금 네가 그리 막무가내로 우긴다고 되는 문제라고 생각하느냐? 대체 네 나이가 몇이라고 그따위 생각을 하는 게야!"

설무백은 어디까지나 냉정하고 차분하게 대답했다.

"이제 열두 살, 아니, 이제 거의 다음 해가 다가오니 열세 살입니다. 손이 귀한 집안이라면 장가를 갔어도 벌써 갔을 나이입니다."

"⋯⋯!"

설인보가 말문이 막힌 듯 입을 다문 채 어처구니없다는 표정으로 그를 노려보았다.

그때 늘 그렇듯 침묵하고 있던 양화가 나섰다.

"어디 한번 이유나 들어 보죠?"

"이 문제가 들어 보고 말고 할⋯⋯!"

"손이 귀한 집안이면 장가를 갔어도 벌써 갔을 나이라는 게 틀린 말은 아닙니다. 애가 그런 말까지 준비한 것을 보니 나름 단단히 작심하고 나선 것 같아서 하는 말입니다."

"아무리 그래도 그렇지⋯⋯!"

"벌써 잊었나요? 사정을 알고 난 연후에 무백이가 어떤 결정을 내릴지 그때 가서 다시 들어 보겠다고 당신 입으로 말하질 않았습니까."

"⋯⋯!"

설인보는 붉으락푸르락하는 얼굴일망정 이번에도 언제

나처럼 양화를 이기지 못하고 발을 빼며 설무백을 향해 말했다.

"좋다! 어디 한번 이유나 들어 보자!"

설무백은 짧고 간단하게 대답했다.

"실력을 키우려는 겁니다."

말해 놓고 나니 스스로도 조금 말이 부족하다는 생각이 들어서, 그는 추가로 말을 보탰다.

"얼마 전까지 폐관 수련을 고민했으나, 그보다는 실전의 경험이 실력을 키우는 데 더 낫다는 얘기를 듣고 내린 결정입니다."

사실 이 말은 설인보가 아니라 양화에게 들으라고 하는 소리였다.

설인보는 몰라도 그녀라면 그의 말을 충분히 이해할 터였다.

아니나 다를까.

"저 말도 틀린 말은 아니네요."

양화가 한마디 거들었다.

설인보가 더는 참지 못하겠다는 듯 그녀에게 화를 냈다.

"지금 당신, 저런 말 같지 않은 소리를 나보고 허락하라는 소리요?"

양화가 추호도 주눅 들지 않은 눈빛으로 설인보의 시선을 마주 보며 대답했다.

"허락을 하라는 소리가 아니라 사실을 알려 주는 거예요. 허락을 하건 반대를 하건 사실을 사실대로 제대로 알고 있어야 올바른 판단을 내리지 않겠습니까."

구구절절 옳은 말이었다.

설인보도 싫지만 인정할 수밖에 없는지 말문을 돌렸다.

"좋아, 그렇다고 치고……."

"그렇다고 치는 게 아니라 그런 겁니다."

"끙!"

설인보가 말로는 그녀를 이길 수 없다고 판단했는지 무시하듯 재빨리 외면하며 설무백에게 시선을 고정했다.

설무백은 기회를 주지 않고 먼저 말했다.

"지난 삼 년여간 아버님을 노리는 자객이 대저 백여 번이나 무저갱을 침입했었다는 사실을 알고 있습니다. 지금도 인근에는 호시탐탐 아버님과 여기 무저갱의 요인들을 노리는 도부수들이 헤아릴 수조차 없이 즐비하게 깔려 있다는 사실도 모르지 않습니다. 소자에게 맡겨 주십시오. 소자가 그들을 처리해 드리겠습니다."

"……!"

"소자의 능력을 잘 아시지 않습니까, 아버님. 나이로 말고, 실력으로 평가해 주십시오. 만약 이후 언제라도 아버님께 조금이라도 누가 된다면 기꺼이 제 스스로 포기하고 물러나겠습니다."

설인보가 말을 하려다가 참고 다시 입을 열려다가 그만두고는 이내 긴 한숨을 토하며 고개를 절레절레 흔들었다.

이러지도 저러지도 못하겠다는 태도였다.

양화가 그때 다시 나서며 넌지시 말을 건넸다.

"승낙이 아니라 시험이라고 치고 한번 맡겨 보는 것도 나쁘지 않을 것 같네요."

"……."

"당신은 이해하기 어려울 테지만, 강호의 무가에서는 아주 흔한 일이에요. 말은 안 했지만, 저 역시 열두 살에 남장을 하고 비무 대회에 나선 경험이 있을 정도지요. 비록 중도에 들켜서 탈락했지만, 저는 지금도 그날의 일이 저를 성장시키는 데 매우 큰 도움을 주었다고 생각합니다."

설인보가 거듭 한숨을 내쉬고는 설무백을 향해 말했다.

"지금의 광풍대는 예전의 선풍대와 다르다는 것을 알고 있지? 자기들끼리도 하루가 멀다 하고 치고받는 녀석들이다. 그처럼 거친 녀석들을 네가 감당할 수 있겠느냐?"

마침내 승낙이었다.

그러나 설무백은 어디까지나 차분하고 냉정한 태도로 대답했다.

"그건 전적으로 소자의 문제이니, 소자가 알아서 처리하겠습니다."

설인보가 어련하겠냐는 듯이 새삼 한숨을 내쉬었다.

설무백은 그런 그를 향해 더없이 반색하는 얼굴로 웃으며
넙죽 엎드리며 인사했다.

"감사합니다, 아버님!"

시동始動 (1)

"다 모였습니다."

설무백이 거처로 돌아와서 늦은 아침 식사를 끝냈을 때,
왕인이 찾아와서 보고했다.

설인보에게 어떤 얘기를 들었는지는 몰라도, 왕인의 표정
은 매우 딱딱하게 굳어져 있었다.

설무백은 별다른 내색 없이 나섰다.

광풍대의 거처는 무저갱의 대문과 인접해서 포도송이처럼
다닥다닥 붙은 수십 개의 통나무집들이었다.

출동이 잦고 영내보다 밖에서 보내는 시간이 더 많은 대
외 정찰과 수색 임무의 특성을 고려해서 배정된 숙소였다.

"저는 나서지 않을 겁니다."

저 멀리 광풍대의 숙소가 눈에 들어오자, 그림자처럼 조용히 뒤를 따르던 풍사가 슬쩍 한마디 흘렸다.

"누가 나서래?"

설무백이 아무렇지도 않게 대꾸하며 강경하게 못을 박았다.

"나서고 싶어도 나서지 마! 무슨 일이 벌어져도 절대!"

풍사가 그대로 침묵하는 듯하다가 못내 안 되겠다는 표정으로 넌지시 경고했다.

"쉽게 생각하지 마십시오. 주군의 능력을 무시하는 것이 아니라, 절대 만만한 녀석들이 아니라서 하는 말입니다."

"걱정해 주니 고맙긴 한데, 세상에 만만한 일이 어디에 있을까. 그런 거 저런 거 다 따지면 숨어서 주는 밥이나 먹고 살아야지 아무것도 못해."

"……."

"지금 그 표정, 앞으로는 절대 보이지 마. 나를 무슨 괴물이나 요물처럼 보는 그런 시선을 외면하는 것도 이제 정말 지치니까."

"아, 아닙니다, 그런 게…… 아니, 알겠습니다."

아닌 게 아닌 것 같았지만, 설무백은 그저 무심하게 외면하며 발걸음을 재촉했다.

광풍대의 숙소인 통나무집들 앞은 반경이 얼추 대여섯 장 정도의 공터였다.

광풍대의 대원들은 거기 공터에 모여 있었다.

대오를 맞추고 기다리는 것이 아니라 여기저기 흩어져서 앉은 자유분방한 모습이었다.

왕인을 통해서 전달된 설인보의 명령이 어떤 식이었는지는 모르겠으나, 일단 상관을 기다리는 자들의 모습은 전혀 아니었다.

다른 무엇보다도 장내에 흐르는 기류가 그것을 대변했다.

살기까지는 아니었으나, 마치 적이라도 대하는 것처럼 냉담한 기류가 느껴졌고, 왕인과 풍사를 뿌리친 그가 전면으로 나섰음에도 그 기류는 조금도 수그러들지 않았다.

환영까지는 기대도 하지도 않았으나, 이건 해도 좀 너무한다 싶을 정도였다.

짝—!

설무백은 가볍게 손뼉을 쳐서 좌중의 시선을 끌어 모았다. 그러나 의도적으로 무시하려는 듯 그래도 쳐다보지 않고 딴청을 부리는 자들이 적지 않았다.

그는 상관하지 않고 말문을 열었다.

"아는 사람도 있겠지만, 나는 설무백이라고 한다. 이제 내가 지금 이 자리에 집결한 광풍대를 지휘한다."

이제야 좌중의 모든 시선이 그에게 쏠렸다.

그중의 하나가 턱도 없는 얘기라는 듯 콧방귀를 뀌었다.

"그런 소리는 들은 적이 없는데? 어린 꼬마가 하나가 올 테니, 어떤 재롱을 피는지 한번 구경이나 해 보라는 소리는 들었지만."

별로 우습지도 않은 얘기에 여기저기서 웃음소리가 터져 나왔다.

설무백이 고개를 돌려서 쳐다보자 웃음소리는 이내 그쳤으나 딴청을 부리며 여전히 피식거리는 자들이 적지 않았다.

설무백은 이해한다는 것처럼 미소 띤 얼굴로 묵묵히 고개를 끄덕이며 그들을 훑어보았다.

"재롱이라…… 뭐 그렇게 생각할 수도 있지. 대신 반대하는 사람들은 내 재롱에 동참시킬 생각인데, 괜찮지?"

잠시 침묵이 흐르다가 누군가 그의 말뜻을 제대로 이해하지 못했다는 듯 질문했다.

"꼬마야, 그게 무슨 뜻이냐? 좀 더 어른들이 알아들을 수 있는 말로 해 주면 안 되겠니?"

다시금 좌중에 웃음이 터졌다.

설무백은 대수롭지 않게 그걸 무시하며 단도직입적으로 말했다.

"비적질이나 해 먹고살던 녀석들이라 역시 무식하네. 척하면 착하고 알아들어야지. 내 말인즉, 나를 인정할 수 없다면 무리에 숨어서 낄낄거리지 말고 나서라는 거다. 얼마든지 상대해 줄 테니까."

사방에서 와자하게 웃음이 터졌다.

비웃음이었다.

그중의 하나가 풍사를 향해 소리쳤다.

"십삼대랑, 이거 정말 너무하는 거 아닙니까? 우리가 저런 애새끼랑 재롱이라 피울 위치는 아니지 않습니까?"

풍사가 무뚝뚝하게 대꾸했다.

"내가 보기에는 너희들이 철부지 애새끼들 같구나. 너희들이야말로 어리광피우지 말고 너희들의 일은 너희들이 알아서 처리해라."

장내의 분위기가 싸하게 변했다.

작금의 상황을 어떻게 받아들여야 할지 모르겠는지, 주변의 눈치를 보는 자들과 어이없다는 식으로 웃는 자들이 한데 뒤섞여서 뒤숭숭한 분위기를 자아내고 있었다.

설무백은 그에 아랑곳하지 않고 풍사에게 말을 건넸던 사내에게 시선을 고정하며 물었다.

"거기 어리광 피우는 너, 이름이 뭐지?"

사내가 기가 막힌다는 듯이 웃으며 대꾸했다.

"광풍이십사랑 샤르쵸노다. 설마 지금 나를 지목하는 것은 아니겠지? 아서라, 꼬마야. 이 어른은 마빡에 피도 안 마른 코흘리개와 놀아날 생각이 전혀 없단다."

대막의 언어로 샤르는 노란색이고, 쵸노는 늑대를 뜻한다.

샤르쵸노는 그 이름과 어울리게 핏기 없이 노란 얼굴에 사납게 찢어진 눈매를 가진 사내였다.

다만 설무백은 이름과 어울리는 외모보다 사내가 광풍이 십사랑이라는 사실에 더 주목했다.

광풍사의 광풍전사들은 정직하게 숫자로 자신의 서열을 표시한다.

풍사가 열세 번째 대랑이라는 의미로 십삼대랑이라 불리는 것과 같은 이치였다.

즉, 지금 설무백을 향해 비아냥거리는 노란 늑대 샤르쵸노는 광풍사에서 스물네 번째로 강한 사내라는 뜻이었다.

적당했다.

아니, 차고 넘쳤다.

순간적으로 계산을 끝낸 설무백은 무심한 듯 냉정한 눈빛으로 샤르쵸노를 직시하며 물었다.

"좋아, 샤르쵸노. 네 말마따나 내가 아직 어려서 말귀를 잘못 알아들어. 그래서 다시 묻는 건데, 지금 싫다는 거야, 두렵다는 거야?"

"뭐, 뭐라고?"

샤르쵸노의 얼굴이 볼썽사납게 일그러졌다.

설무백은 그런 그를 향해 냉담하게 비웃었다.

"말귀가 어둡군. 나와 싸우는 것이 두려워서 싫다는 핑계를 대는 건 아니냐고 묻는 거다. 그래, 안 그래?"

샤르쵸노가 벌떡 일어나며 으르렁거렸다.

"귀여운 맛에 장단 좀 맞춰 주었더니, 너무 겁 대가리 없이 설치는구나! 꼬마야, 죽고 싶어서 환장했냐? 배때기를 찢어서 창자를 꺼내 주리?"

설무백은 활짝 웃으며 박수를 쳤다.

"좋아, 그런 배짱. 혹시나 하고 눈치를 보는 것보다 그게 백번 낫지. 대신 포기하지 말고 덤벼."

그는 비릿한 미소를 입가에 걸며 손가락을 까딱였다.

"정말 실력을 갖추고 하는 소린지, 아니면 입만 살았는지 어디 한번 내가 봐 주지."

"이 꼬마새끼가 끝까지……!"

샤르쵸노가 분노를 폭발시키며 득달같이 달려들었다.

그렇다고 해서 전력을 다하는 것처럼 보이지는 않았다.

사정이야 어쨌든 설무백이 누구의 아들인지 아는 까닭에 감히 살수를 펼칠 수는 없는지 광풍전사의 기본이 되는 병기인 창조차 들지 않고 나서고 있었다.

하긴, 그게 당연했다.

샤르쵸노의 눈에는 설무백이 그저 겁 없이 객기를 부리는 맹랑한 꼬마일 뿐, 그 이상도 그 이하도 아닐 테니까.

머리를 한 대 쥐어박아서 울음을 터뜨려 버리는 것으로 충분하다고 생각하는 것인지도 모른다.

그게 샤르쵸노의 실수였다.

분노에 찬 샤르쵸노의 공격은 더없이 사납고 무섭게 보이
긴 했으나, 여기저기 허점투성이였다.

적어도 설무백의 눈에는 그렇게 보였다.

이제 그의 무공은 능히 그것을 파악할 수 있을 정도까지
성장한 상태였다.

파박-!

애초에 작심하고 나선 설무백은 반사적으로 마주 내달리
며 눈에 들어온 샤르쵸노의 허점을 독하게 노렸다.

그리고 성공했다.

본능에 앞서는 감각으로 펼친 묵빛 장창이, 할아버지 양
세기의 유물인 흑린의 서슬이 샤르쵸노가 드러낸 허점을 여
지없이 파고들었다.

그 허점이 하필이면 생명과 직결되는 가슴이었다는 사실
이 샤르쵸노에게는 더할 나위 없는 불행이었다.

푹-!

섬뜩한 소음과 함께 장내의 시간이 정지했다.

요술처럼 설무백의 손에 나타나서 뻗어진 흑린의 서슬이
샤르쵸노의 가슴을 관통하자 장내의 모두가 그처럼 굳어져 버
렸다.

샤르쵸노, 광풍사 서열 이십사 위의 강자가 설마 이처럼 허
무하게 당하리라고는 장내의 그 누구도 예상하지 못했던 것
이다.

샤르쵸노의 입장에서는 타성에 젖은 방심이 가져다준 악재였고, 설무백의 입장에선 그간 비약한 자신의 능력을 제대로 자각하지 못한 무지가 불러온 실수였다.

"⋯⋯?"

샤르쵸노가 여전히 자신의 처지를 이해하지 못한 것인지, 아니면 도저히 믿을 수가 없는 것인지, 망연자실한 표정으로 고개를 숙여서 자신의 가슴을 관통한 설무백의 장창 흑린을 바라보았다.

그것으로 끝이었다.

샤르쵸노의 고개는 그대로 굳어져서 더 이상 들리지 않았다. 죽음이었다.

설무백은 쓰게 입맛을 다셨다.

살인에 대한 충격은 없었다.

지금 그의 뇌리에는 전생 흑사신 시절의 경험이 고스란히 담겨 있었다.

대신 매우 아쉬웠다.

아니, 아깝다는 말이 정확할 것이다.

괜한 실수로 아까운 수하 하나를 잃어버리질 않았나.

순전히 그래서 그가 잠시 우두커니 서 있었는데, 그 모습을 보고 왕인과 풍사가 오해했다.

"⋯⋯?"

예기치 못한 돌발적인 상황에 굳어 있던 왕인이 나서려다가 멈추며 풍사를 쳐다봤다.

풍사가 그를 잡은 것이다.

"예견했건 예견하지 못했건 간에, 첫 살인의 충격은 혼자 넘어서야 하는 거다."

"도련님은 이제 고작 열두 살이야."

"나는 그 이전에 이미 첫 살인을 경험했고, 이겨 냈다."

"······!"

"게다가 이제 나도 나이는 안 따져. 실력을 따지지. 나이는 숫자에 불과하다는 말을 이제는 믿거든."

왕인이 눈썹을 꿈틀하며 비웃듯이 말했다.

"어떻게 이겨 냈냐, 첫 살인의 충격? 울었냐?"

우습지도 않게 풍사가 고개를 끄덕이며 인정했다.

"응. 구역질이 먼저였지만, 아주 목 놓아 울었다. 그렇게 마구 울고 나니 두려움이 좀 가셔서 참을 만하더군. 그런데 역시 다르네. 아무래도 우리 주군은 나처럼 울지는 않을 모양이다."

왕인이 안색을 바꾸며 설무백에게 시선을 돌렸다.

과연 그랬다.

설무백은 토악질을 하지도 않았고, 울 것 같던 표정도 아니었다. 대체 무슨 감정인지 모르게 그저 미간을 찌푸리며 쓰게 입맛을 다시고 있을 뿐이었다.

그러던 그가 이내 창을 높이 쳐들었다가 빠르게 앞으로

숙였다.

작대기에 꽂힌 개구리 같던 샤르쵸노의 주검이 창에서 빠져나가며 저만치 바닥에 나가떨어져서 굴렀다.

정지한 것 같던 장내의 시간이 그때부터 다시 흐르기 시작했다.

장내의 기류가 대번에 바뀌었다.

흉흉한 살기가 비등했다.

풍사가 팔짱을 끼며 흥미롭다는 표정으로 말했다.

"그보다 이제부터가 진짜야. 호화테메는 샤르쵸노와 달리 어떤 상대라도 깔보거나 무시하는 성격이 아니거든."

흉흉하게 변한 눈초리로 설무백을 노려보는 광풍전사들 사이에서 건장한 사내 하나가 일어나고 있었다.

풍사의 뒤를 이어서 광풍사의 열네 번째 대랑의 자리에 오른 십사대랑 호화테메였다.

호화테메의 삼엄한 기운, 예리한 눈초리가 풍사의 말이 사실임을 대변하고 있는데…….

"정말 나서지 않고 이대로 그냥 두고 볼 건가?"

왕인이 초초한 기색으로 물었다.

"난 더 이상 광풍사의 대랑이 아니라는 말 못 들었나?"

"아무리 그래도 저들은 너를 따라서 여기에……!"

풍사가 왕인의 말을 자르며 벌컥 화를 냈다.

"난 거짓말쟁이가 아니야! 하물며 무슨 일이 벌어져도 절대 나서지 말라는 소리까지 들었는데, 어떻게 나서? 나서고 싶어도 못 나서. 아니, 안 나서. 너도 나서지 마!"

왕인이 더는 채근하지 못하고 입을 다물어 버렸다.

느낀 것이다.

지금 풍사는 그의 채근에 화를 내는 것이 아니었다.

나서고 싶지만 나설 수 없는 자신의 처지에 화를 내고 있었다.

옛 수하의 죽음을 보고도 눈 하나 깜짝하지 않고 있던 사람이 이채롭게도 설무백의 위기에는 감정을 통제하지 못하고 있는 것이다.

왕인이 쓰게 입맛을 다시며 안색을 굳혔다.

풍사가 나서지 않겠다면 그라도 나설 생각이었다.

그때 누구도 예상치 못한 상황이 벌어졌다.

삼엄한 기색으로 자리에서 일어나서 설무백을 마주한 호화테메가 대뜸 머리를 긁적이며 물었다.

"대장이 바뀌면 제 지위는 어떻게 되는 겁니까?"

시동始動 (2)

"뭐, 뭐라고? 됐다고?"

"예, 광풍대의 대원들 전원이 도련님을 대장으로 인정했습니다."

"대주인 호화테메도?"

"그가 가장 먼저 수긍했습니다."

"설마 풍사가 나선 건가?"

"아닙니다. 그는 그저 뒤에서 지켜보기만 했습니다."

"사전에 남몰래 지들끼리 짠 거 아니야? 틈만 나면 내게 찾아와서 사사건건 트집을 잡던 그 더러운 성질머리들이 이렇듯 허무하게 꼬리를 말고 항복했다는 게 어디 가당키나 해? 당최 말이 안 되잖아?"

"말이 되는 게 아니라, 주군께서 도련님의 능력을 제대로 잘 모르시는 겁니다."

"……!"

예상이 빗나간 충격이 커서 분한지 전에 없이 열을 올리던 설인보가 거짓말처럼 평정을 되찾았다.

수하의 강도 높은 질타는 부정하고 내치기보다 적극 수용하려는 그의 타고난 성정이 눈을 뜬 것이었다.

어쩌면 처음부터 아들의 살인이 가져다준 충격에 놀라서 이성을 잃고 악을 쓴 것인지도 모르겠지만, 지금의 그가 진짜 그였다.

"그렇게 보이냐?"

"그렇게 보이는 게 아니라 그런 겁니다."

왕인의 단호한 대답에, 설인보가 팔짱을 끼며 물었다.

"어째서 그렇게 생각하나?"

왕인은 솔직한 자신의 생각을 밝혔다.

"광풍사의 서열 이십사 위라면 강호 무림에서도 능히 일류 고수들과 어깨를 견줄 실력자입니다. 비록 방심했다고는 하나, 그런 실력자가 도련님의 일수에 쓰러졌습니다. 도련님의 실력은 이미 강호 일류 고수를 넘어섰다는 뜻입니다. 이제 더 이상 도련님을 아이로 보지 않으셔야 합니다."

"음!"

설인보가 침음을 흘리며 자리에서 일어나서 주변을 서성

거렸다.

생각이 막다른 골목에 다다르면 그가 늘 보여 주는 행동이었다.

왕인은 그것을 알기에 더 이상 입을 열지 않고 조용히 기다렸다.

이윽고, 설인보가 물었다.

"내가 그 아이의 아버지로 부족한 걸까?"

왕인에게 던진 질문이 아니었다.

설인보의 시선은 함께 자리한 설씨 가문의 오랜 노복, 한당을 바라보고 있었다.

"그럴 리가요."

한당이 주름진 얼굴에 부드러운 미소를 그리며 대답했다.

"제가 보기엔 그런 고민을 하신다는 자체가 아비로서 부족하지 않다는 뜻입니다. 보통의 아비는 그런 고민을 하지 못하지요."

"그거야 애가 워낙 특출하니까 그렇지."

"특출하지 않은 아비는 자식의 특출함을 제대로 보지 못합니다. 너무 심려하실 일이 아니라고 봅니다."

설인보도 특출하기에 아들인 설무백의 특출함을 제대로 보고 있다는 소리였다.

설인보는 그 말에 담긴 의미를 되새기듯 잠시 침묵하다가 물었다.

"이번 일을 그냥 받아들이라는 건가?"

한당이 미온하게 웃으며 대답했다.

"그냥 받아들이기만 해서는 안 될 것 같습니다. 인정해 주십시오. 도련님을 자식이 아닌 한 사람의 무인으로 말입니다. 품 안에 자식이라는 말이 있지 않습니까. 그저 시기가 조금 빨리 왔다고 생각하면 편하실 겁니다."

"이건 빨라도 너무 빠르지 않나?"

한당이 잠시 뜸을 들이다가 대답했다.

"이제 와서 말이지만 도련님은 이미 오래전부터 저를 경계하고 계셨습니다."

"그 아이가 왜 자네를 경계해?"

"제가 감춘 것을 느낀 거지요. 그 정도의 감각이라면 왕 군관의 의견이 부족하면 부족했지 절대 과하지 않다는 것이 저의 생각입니다."

"허허, 그것 참⋯⋯."

허허롭게 웃은 설인보가 다시금 주변을 서성거리다가 한순간 안색을 바꾸며 왕인을 향해 물었다.

"그 아이는 지금 어디에 있지? 광풍대의 대원들과 함께 있나?"

왕인이 대답했다.

"광풍대의 대원들에게 내일 같은 시간에 다시 집결하라는 명령을 내려놓고 거처로 돌아갔습니다."

무언가 떠오르는 생각이 있는지 눈을 빛낸 설인보가 서둘러 밖으로 나섰다.

왕인이 재빨리 그 앞을 막아섰다.

"지금은 그냥 혼자 두시지요."

발걸음을 멈춘 설인보가 미심쩍은 시선으로 쳐다보자, 그는 한마디 덧붙였다.

"혼자만의 시간이 필요할 겁니다."

설인보가 왜 그런지 이해한 듯 고개를 끄덕이며 자리로 돌아가서 털썩 앉고는 손을 내저었다.

"이제 보니 나도 그렇군. 알았으니, 다들 나가 봐."

왕인이 조심스럽게 확인했다.

"하면……?"

설인보가 신경질을 부리듯 말했다.

"녀석을 광풍대의 대주로 인정한다! 대신 부족하다 싶으면 언제든지 자를 테니, 단단히 각오하라고 전해!"

설인보는 가서 전하라고 했지만, 왕인은 가지 않았다.

설무백에게 혼자만의 시간이 필요하다는 것은 그냥 하는 말이 아니라 그의 진심이었다.

첫 살인의 기억은 그도 경험이 있어서 그 쓴맛을 익히 잘 알고 있었다.

저마다 느낌의 강도가 다를 뿐, 견디기 어려운 충격을 주는 경험임이 틀림없었다.

설무백이 비록 예상을 뛰어넘는 초연함을 보였으나, 어쩌면 그래서 더욱 혼자만의 시간이 필요하다는 것이 그의 판단이었다.

그러나 우습지 않게도 그 모든 것은 그의 오해요, 착각이었다.

설무백에게 첫 살인의 충격 따위는 없었다.

그의 전생인 흑사신 시절의 경험은 지금 그의 주변에 있는 그 누구도 상상할 수 없을 정도로 지독했다.

살인 따위는 말 그대로 '따위'라고 부를 정도로 한낱 유희에 불과하던 것이 바로 흑사신이라 불리던 그의 전생이었다.

그가 만사 제쳐 두고 거처로 돌아간 것은 그저 내일부터 시작될 새로운 일과를 위해서 나름 생각을 정리할 시간이 필요해서일 뿐이었다.

서툴게 굴고 싶지 않았다.

완벽하진 않아도 완벽을 기하고 싶었다.

전생의 기억을 조금이라도 더 되살려 보는 것이 그런 각오에 적잖은 도움이 되리라.

그런데 그때 깜찍한 방해자가 나타났다.

"뭐 하고 있어?"

"너야말로 뭐 하러 온 거야?"

"헤헤, 나야 오빠가 사람을 죽였다고 하기에 구경하러 왔지."

"……"

설무백은 방문을 열고 뒤늦게 빼꼼 얼굴만 내민 채 천연덕스럽게 웃으며 살인을 언급하는 여동생 설무연의 태도에 말문이 막혀 버렸다.

설무연은 설무백이 그러거나 말거나 종종 걸음으로 들어와서 창가에 있던 의자를 가져다가 등받이를 앞으로 해서 턱을 괴고 앉으며 불쑥 물었다.

"어땠어?"

"뭐가?"

"뭐가 뭐야? 사람을 죽일 때의 느낌이 어땠냐고?"

"……"

설무백은 당황했다.

얼굴은 깜찍하지만, 성격은 끔찍하다는 그녀에 대한 주변 사람들의 평가가 뇌리에 떠올라서 절로 쓴 미소가 지어졌다.

그런 그의 마음을 아는지 모르는지, 설무연이 호기심으로 반짝이는 두 눈을 바짝 들이대며 채근했다.

"무서웠어? 짜릿했어? 설마 아무 느낌이 없었던 것은 아니지? 말해 봐. 한 노가 나무토막을 자르거나, 냉연 유모가 무 자르듯이 맨송맨송하지는 않았을 거잖아?"

설무백은 끌끌 혀를 차며 반문했다.

"네가 그걸 왜 알고 싶은 건데?"

"몰라서 물어? 나도 해 보고 싶어서 그러지."

설무연이 기다렸다는 듯 대답하고는 무언가를 상상하는 것처럼 눈가를 가늘게 좁히며 혀를 내밀어 입술을 핥았다.

도저히 농담을 하거나 그냥 막무가내로 호기심이 발동한 철부지로 보이지 않는 모습이었다.

"이런 미친……!"

설무백은 발끈 화를 냈다.

"너 지금 살인이라는 게 어떤 것인지 알고나 그따위 소리를 하는 거야! 사람이 사람을 죽이는 거야! 고의적인 모살이든, 고의가 아닌 과실치사든 간에 인간이 할 짓이 못 되는 거라고! 죄악이야, 죄악!"

설무연이 열변으로 토해 내는 그를 아무렇지도 않게 물끄러미 바라보다가 불쑥 물었다.

"그럼 오빠는 그런 짓을 왜 한 건데?"

설무백은 말문이 막혀 버렸다.

아무리 생각해도 이렇다 하게 대꾸할 말이 떠오르지 않았다.

자신의 감정은 아무래도 좋았으나, 혹시나 어린 여동생의 미래에 악영향을 끼칠 수도 있다는 생각이 들어서 쉽게 입을 열 수가 없었다.

설무연이 그런 그의 태도를 오해했다.

"왜? 막 후회돼?"

설무백은 마음을 다잡으며 말했다.

"정당한 대결이었다. 그 결과가 살인으로 끝나서 안타깝기는 하지만, 누구의 잘못도 아니고, 누구를 탓할 일도 아니야. 그러니 후회할 일도 아닌 거지."

"그래?"

설무연이 알았다는 듯 고개를 끄덕이다가 이내 삐딱해진 고개로 바라보며 물었다.

"그럼 질문을 다시 할게. 그렇다면 오빠는 대체 뭐가 아쉬워서 방구석에 틀어박혀 그런 죽상을 하고 있는 거야?"

"……!"

설무백은 내심 고소를 금치 못했다.

이제 보니 이 깜찍한 여동생도 풍사나 왕인 등과 마찬가지로 무언가 크게 오해하고 있었다.

그가 첫 살인의 충격에 빠져서 방구석에 처박혔다는 얘기를 어디서 주워들었는지 위로를 하려고 찾아온 것이다.

그는 뭐라고 할 말이 없어서 그냥 휘휘 손을 내저었다.

"할 말 없다. 그만두고 어서 그만 가라."

"하여간 사내들이란……."

설무연이 한심하다는 듯 고개를 절레절레 흔들며 탄식했다.

"자기 연민과 자기 방어 기질에 빠져서 도무지 사실을 사실로 받아들이고 인정할 줄 몰라요. 한심하게도 그렇게 정당화하는 것이 스스로 추해지는 지름길이라는 것을 절대 모르는 거지."

설무백은 오해고 뭐고 간에 당최 어린애의 말 같지 않은 설무연의 질책과 타박에 당황해서 절로 눈이 동그래졌다.

설무연이 그에 못지않은 신동 소리를 듣는다는 사실은 익히 알고 있었으나, 이 정도일 줄은 정말 꿈에도 상상하지 못한 일이었다.

그는 정신을 차리며 물었다.

"너 혹시 나처럼 다시 태어난 거냐?"

"뭐래?"

설무연이 어이없는 표정으로 바라보며 그의 질문을 무시하고는 마치 어린 자식을 타이르는 부모처럼 신중하고 차분한 어조로 다시 말했다.

"아무튼, 나는 오빠가 그 어떤 아슬아슬한 순간에도 절대 허우적거리지 않고, 자신 역시 타락한 세상의 일부임을 자각하며 보다 더 적극적으로 자기 인생을 개척하는 용자이길 바라. 알았지? 이 어리고 예쁘고 착한 여동생 실망시키지 마라?"

천외천의
주인

말을 끝맺은 설무연이 마치 쫓기듯 후다닥 밖으로 나섰다.

묘하다는 표정을 짓던 설무백은 그런 그녀를 향해 손가락을 튀겼다.

피빅-!

가벼운 바람소리가 울리며 그의 손끝에서 쏘아진 기세가 휘적휘적 방문을 나서려는 설무연의 뒷등을 노렸다.

설무연이 마치 눈으로 본처럼 그 순간에 빠르게 옆으로 자리를 이동해서 그가 쏘아 낸 기세를 피했다.

보통의 아이라면 절대 보일 수 없는 움직임, 신법이었다.

"뭐, 뭐 하는 짓이야!"

돌아선 설무연이 그를 노려보며 발끈했다.

설무백은 의미심장하게 웃었다.

"남몰래 유모에게 무공을 배우고 있다더니, 사실이었구나?"

"남이야 똥으로 메주를 쑤건 도끼로 이빨을 쑤시건 관심 끄셔!"

설무연이 새삼 발끈해서 소리치고는 당황한 기색을 감추며 재빨리 밖으로 사라졌다.

설무백은 피식 웃었다.

제아무리 타고난 신동이라도 조금 전에 그가 들은 그녀의 충고는 어울리지 않았다.

내용도 그렇지만 말투도 어색했다.

모르긴 해도 누군가의 사주를 받고, 아마도 어머니 양화나 유모 냉연이 적어 준 글을 달달 외운 것일 가능성이 매우 컸다.

만약 그게 아니라면 정말 무서울 테지만, 어쨌든…….

'가족……이라는 건가?'

시동始動 (3)

"나는 말이야……."

설무백이 마음을 다잡느라 운기행공을 끝내고 저녁에 찾아간 매요광은 빙글거리는 얼굴로 놀리듯이 말했다.

"척 보면 상대가 무슨 생각을 가지고 있는지 대번에 알아보는 능력이 있다. 너 폐관 수련 포기했지?"

"오, 정말 예리하시다!"

설무백은 과장되게 놀라는 것으로 장단을 맞추고 나서 사실과 속내를 털어놓았다.

"예, 포기했습니다. 세상과 격리되는 것보다 세상 속에서 뒹굴며 자라는 것이 더 크게 자랄 수 있다는 얘기를 들어서 실천에 옮기려고 합니다."

"계획은 있고?"

"우선 광풍대의 대주가 되기로 했습니다."

"자신만만한 태도를 보니 벌써 된 것 같은데?"

"오늘요."

"용케도 네 아비를 설득했구나."

"내색만 하지 않았다 뿐이지, 아버지도 아시니까요. 제가 다른 애들과 다른 별종이라는 거 말입니다."

"당분간 심심해서 어쩌냐. 꼴사나운 네놈의 얼굴을 보지 못하게 될 테니 말이다."

매요광은 굳이 말하지 않아도 벌써 그가 찾아온 이유를 알아차리며 쓰게 입맛을 다시고 있었다.

설무백은 못내 아쉬워하는 그의 태도에 머쓱한 미소를 지으며 말했다.

"곽상이라고, 우리 가문의 종복 하나에게 여기 위치를 알려 줄 생각입니다. 앞으로 그 친구가 할배들에게 물과 음식을 가져다줄 건데, 우직한 친구라 믿을 만하니, 다른 걱정은 마세요."

"그래, 알았다."

"전과 같지는 않겠지만, 그래도 틈나는 대로 찾아올 테니, 너무 섭섭해하지도 마시고요."

"누가 섭섭하대냐? 옳은 선택은 반대하지 않는다."

"그럼 그 표정은 뭐예요?"

"그게⋯⋯."

"답답하게 뭘 그리 뜸을 들이세요. 그게 뭡니까?"

매요광이 잠시 그를 뚫어지게 바라보다가 말했다.

"왠지 모르게 네가 달라져 보인다. 이유는 모르겠지만, 마
치 며칠 사이에 불쑥 자란 콩나물을 보는 느낌이랄까? 아무
튼, 그래. 뭔가 이상해. 달라. 혹시 내가 모르는 무슨 일이 있
는 거냐?"

설무백은 내심 뜨끔했다.

도둑이 제 발 저린다는 식으로 살인에 대한 생각이 뇌리
를 스쳤다.

이번 생의 첫 살인인 이상, 어떤 식으로든 그의 태도나 심
경에 변화를 주었을 수도 있었다.

'어쩌면 피 냄새를 맡은 것일 수도⋯⋯.'

이유야 어쨌든 내색하고 싶지 않았다.

"사별삼일(士別三日), 괄목상대(刮目相對)라는 말도 모르세요.
기대하세요. 조만간 다시 찾아올 때는 다른 사람이라고 오
해해서 못 알아볼 수도 있을 겁니다."

"또 까분다! 누구한테 얻어터지고 와서 징징대지나 마라,
이놈아!"

"두고 보시라니까요, 글쎄."

자못 눈을 부라리던 매요광이 슬며시 인상을 바꾸며 더없
이 인자한 미소를 드리웠다.

"그래, 기대하마. 소위 출두하는 마당에 따로 줄 건 없고, 잔소리나 보태 주마."

잔소리라고 했으나, 더없이 뜻깊은 조언이었다.

"실전은, 그중에서도 생사결(生死決)은 자만에 망하고, 근성에 패배하는 법이다. 하니, 일천 초를 펼칠 수 있는 자는 경계하되 두려워할 필요가 없으나, 한 초를 숙련한 자는 마땅히 두려워해야 하며, 그래서 나온 결과는 그게 비록 패배일지라도 아파하거나 후회하지 마라. 이건 우리 늙은이들도 따르는 전대의 무언이니, 너 또한 그리하기를 바라는 마음에서 알려 주는 거다. 자, 됐으니, 이제 그만 꺼져라."

설무백은 매요광의 얘기를 듣고 나서 어쩌면 매요광이 이미 그의 사정을 모두 다 헤아리고 있는지도 모른다는 생각이 들었다.

매요광의 얘기가 조언이나 충고가 아니라 위로라는 느낌이 강했기 때문인데, 역시나 그는 애써 내색하지 않고 헤어졌다.

다행히도 척신명은 그런 기색이 전혀 없었다.

척신명마저 다른 어떤 식으로라도 그를 위로했다면 왠지 모르게 먹먹해진 감정이 폭발해서 참으로 우울해졌을지도 몰랐다.

설무백은 그렇게 그들과 한시적인 이별을 고했고, 다음 날부터 독하게 마음을 다잡은 상태로 광풍대의 대주로서 충실히 임무를 수행해 나갔다.

많은 일들이 벌어졌다.

정찰이나 수색을 나가면 매번 칼날에 등을 대고 자는 것처럼 위험한 상황에 직면하는 경우가 흔해서 적지 않은 사람들이 죽어 나갔고, 설무백도 다치고 또 다치기 일쑤였다.

따라서 시간이 갈수록 많은 사람들이 우려의 눈빛으로 설무백을 바라보았으나, 정작 그는 조금도 신경 쓰지 않고 매번 선두에 나서며 독하게 내면의 심지를 굳혀 나갔다.

본격적으로 피를 보는 생활이라 때때로 본의 아니게 전생인 흑사신 시절의 기억과 배신의 아픔이 떠올라서 마음이 조급해지기도 했지만, 그는 이를 악물고 인내하며 결코 서두르지 않았다.

오 년하고도 여섯 달이라는 세월이 그런 생활 속에서 물처럼 흘러갔다.

설무백은 열여덟 살이 되었다.

⚜

그믐달이 비추는 황무지는 더없이 삭막하지만, 그게 비록 구릉과 구릉 사이의 골짜기라고 해도 그다지 어둡지 않다.

듬성듬성 자란 잡초가 미처 붉은 황토를 다 가리지 못해서 달빛을 반사하기 때문이다.

두 겹으로 주름진 구릉 사이에 터를 잡은 서너 채의 통나무집은 그래서 더욱 눈에 띄었다.

검푸른 통나무가 빛을 반사하지 않는 바람에 주변과 대비되는 산채의 어두운 형체가 확연히 드러나는 것이다.

"정말 지독한 놈들이군. 대체 뭘 먹고 살려고 이런 곳에 자리 잡은 거지? 주변에 마땅한 사냥감도 보이지 않던데 말이야."

구릉에 서서 통나무집들의 전경을 훑어본 설무백은 습관처럼 고개를 흔들며 투덜거렸다.

대충 빗어 뒤로 묶은 탓에 앞으로 흘러내려서 얼굴의 반을 가리고 있던 머리카락이 그의 고갯짓에 뒤쪽으로 넘어가서 완전한 그의 얼굴이 드러났다.

키도 훨씬 커지고, 체구도 성인과 다름없이 굵어졌으나, 여전히 어린 태가 가득한 미소년의 얼굴이었다.

다만 눈빛만큼은 전혀 어려 보이지 않았다.

마치 붓으로 그린 듯 짙고 날카로운 검미 아래 자리한 그의 두 눈에는 성인을 넘어서 참회와 회오의 깊이를 깨달은 선승의 그것처럼 그윽하면서도 심원한 빛이 담겨 있었다.

이채로운 것은 그런 그의 왼쪽 눈가를 수직으로 가로질러서 뺨 언저리까지 내려간 흉터였다.

그건 눈을 다치지 않은 게 신기해 보일 정도로 선명한 칼자국이었고, 그 칼자국의 험악함은 분명 아직은 앳된 모습인 그의 얼굴에 묘하게도 깊이 있는 성숙함을 가미해서 성인도 아니고 소년도 아닌 신비로움을 자아내고 있었다.

그래서였다.

풍사는 달빛을 반사하는 그의 눈빛에 취해 있다가 뒤늦게 정신을 차리며 어색한 미소를 흘렸다.

"지독하기로 따지면 어디 주군만 하겠습니까."

"내가 왜?"

"왜는요. 우리가 무저갱에서 육백 리나 떨어진 이곳까지 수색하리라고는 저놈들이 어디 꿈에라도 상상해 봤겠습니까? 절대 아니죠."

"그거야 인근의 놈들을 모두 다 소탕했다고 생각하는데도 계속해서 나타나는 놈들이 있으니까 별수 없잖아. 육백 리건, 칠백 리건, 천 리 건 뒤져 보는 수밖에."

"제가 주군을 몰라서요?"

"뭐가?"

"나타나는 놈들이 없으면 그때는 왜 없을까 하고 여기까지 찾아 헤맸을 사람이 주군입니다."

"그건 상상이잖아. 여기 놈들이 있는 건 현실이고."

"……하여간, 사람 할 말 없게 만드는 데는 뭐가 있으셔."

풍사가 졌다는 듯 쩝쩝 소리가 나도록 입맛을 다시며 고개를 흔들었다.

그러고 보면 그가 변한 것처럼 풍사의 성격도 많이 변했다. 이전의 그는 이렇듯 말이 많은 사람이 전혀 아니었으나, 지금은 수다쟁이 아줌마처럼 변해 있었다.

그때 부스럭거리는 소리가 들리며 구릉지대 아래서 백색의 인영 하나가 모습을 드러냈다.

설무백과 풍사는 그저 고개를 돌려서 바라볼 뿐, 별다른 반응을 보이지 않았다.

누군지 알고 있기 때문이다.

상대는 몸에 걸친 백의와 대조를 이루는 검은 얼굴에 큰 눈, 큰 코, 선이 굵은 입술과 각진 턱을 가진 거한, 광풍대의 부대주인 호화테메였다.

"야, 천타(天駝), 너는 야습에도 여전히 그놈의 흰 옷이냐?"

호화테메를 한어로 직역하면 천타가 된다.

설무백은 발음이 어려운 광풍대원들의 이름을 죄다 한어로 바꿔서 불렀고, 이제 다들 그것에 익숙해진 상태였다.

"백색 공포가 흑색 공포로 바뀌는 건 싫어서요."

천타가 멋쩍은 표정으로 풍사의 말에 대꾸하고는 설무백에게 고개를 숙이며 보고했다.

"대략 오십 명가량입니다. 다들 한족 사내들인데, 의외로 노약자이 많습니다. 살펴보니 구금되어 있는 애들도 적지 않고요."

"그러니까, 놈들이 인근 부족들을 잡아다가 부리고 있다는 거지?"

"그런 것 같습니다. 대충 훑어보니 칼 찬 놈들은 정확한 북경관어를 쓰는데, 노약자들이나 구금되어 있는 애들은 그렇지 않더군요. 인근 부락민들이 확실합니다."

"나쁜 놈들! 여기까지 와서 그따위 횡포를 부리다니, 역시 살려 둘 필요가 없겠네."

"그러실 것 같아서 먼저 번초들을 처리해 두었습니다."

"잘했어. 다 쓸어버려."

"몇 놈은 살려야죠. 놈들의 근거지가 여기만은 아닐지도 모르잖습니까."

"그래, 전서구도 확보하고."

"옙!"

천타가 보란 듯이 씩씩하게 대답하며 고개를 숙여 보이고는 뒤로 돌아서서 짧게 외쳤다.

"발도(拔刀)!"

그들의 서 있는 구릉의 뒤쪽에 조용히 대기하고 있던 백의 사내들이 일제히 칼을 뽑아 들었다.

지난 몇 년간 구십여 명이 사망하고 이제는 백여 명뿐인 광풍대의 대원들이었다.

옷은 눈처럼 하얀데 칼은 빛을 받아도 반사하지 않는 칙칙한 먹빛이라 묘하게 보이는 모습이었다.

풍사가 그 모습을 보며 혀를 찼다.

"흰옷을 입은 주제에 칼은 또 흑칠을 해서는……."

"말했잖습니까. 백색 공포가 흑색 공포로 바뀌는 것은 원치 않는다니까요, 글쎄."

천타가 멋쩍게 웃으며 변명처럼 대꾸하고는 거짓말처럼 싸늘해져서 광풍대원들을 훑어보았다.

"작전은 전과 같다. 일조는 전서구 지역을 확보하고, 나머지 놈들은 죄다 척살이다. 물론 잡혀 온 부락민들은 절대 건드리지 말고. 생포할 두 놈은 내가 확보할 테니까, 너희들은 그저 여태까지처럼 살육을 벌이면 되는 거다. 이상! 질문 있나?"

없었다.

이미 칼을 뽑아 든 광풍대원들의 눈빛은 살기로 충만해 있었다.

그런 광풍대원들을 한차례 쳐다본 천타가 슬쩍 돌아서서 설무백을 향해 물었다.

"말씀하시죠."

설무백은 묵묵히 한 발짝 나서서 무심한 듯 냉정한 눈초리로 광풍대원들을 바라보며 말했다.

"잊지 마라! 죽으면 죽는다!"

싸움을 앞둘 때 늘 듣는 말이지만, 광풍대원들은 늘 새로운 것처럼 다부지게 고개를 끄덕이는 것으로 대답을 대신했다.

설무백은 그제야 천타에게 시선을 주었다.

천타는 가볍게 고개를 끄덕이고는 먼저 뛰어나가며 짧게
명령했다.

"돌격!"

광풍대원들이 득달같이, 그야말로 먹이를 발견한 짐승처
럼 사납게 뛰어나갔다.

천타가 선두에서 이끄는 그들은 진짜 짐승은 아닐지 몰
라도 더없이 능숙한 사냥꾼들이었다.

혹시나 있을지 모르는 적의 매복에 대비해서 거의 땅바
닥에 붙은 것 같은 자세로 내달리는 그들의 모습은 무리를
지어 사냥에 나서는 늑대들과 다름없이 빠르고 사나웠다.

설무백은 그제야 느긋하게 그들의 뒤를 따라서 구릉을 내
려갔다.

싸움은 벌써 시작되어 있었다.

출도무림 出道武林 (1)

사방에서 경호성이 터지는 가운데, 이곳저곳에서 밝혀진 횃불을 따라 거친 쇳소리와 단말마의 비명이 꼬리를 물고 이어졌다.

통나무집들이 불타기 시작하고, 격전의 소음은 커져 가고 있었다.

그러나 그들, 설무백과 풍사의 앞을 가로막는 자들은 없었다.

그저 널브러진 시체들만이 그들의 발길에 차일 뿐이었다.

뒤따르며 풍사가 물었다.

"늘 선두로 나서시더니, 어째 오늘은 느긋하시네요?"

설무백은 쓰게 입맛을 다셨다.

"천타에게 한 소리 들었어."

"예?"

"자기 체면 좀 살려 달라네. 하도 내 뒤만 따라다녔더니, 칼이 녹슬었다나 뭐라나…… 쩝쩝."

거듭 입맛을 다시는 설무백을 보며 풍사가 피식 웃었다.

"용케도 허락하셨네요."

"안 그래도 거절했더니, 부대주 자리를 내놓겠다고 협박해서 다른 도리가 없었어."

"흐흐흐……!"

풍사가 자못 음충맞은 기소를 흘리며 말했다.

"그럴 만도 하죠. 원래가 흉포함을 타고난 녀석인데, 주군 때문에 최근 들어 거의 싸움에 나서지 못했잖습니까."

설무백은 다시금 앞으로 흘러내린 머리카락이 얼굴의 반을 가려서 하나만 드러난 눈으로 물끄러미 풍사를 바라보았다.

"요즘 자주 보네, 웃는 모습?"

"그러게 말입니다."

풍사가 멋쩍은 표정으로 인정하고는 이내 대수롭지 않게 덧붙여 말했다.

"저도 요즘 종종 이런 저 자신에게 놀라고 있습니다."

"진심이라는 거야?"

"당연히 진심이죠. 주군이 작고하신 외조부님을 대신해서 언제든지, 얼마든지 제 도전을 받아 주겠다고 약속한 그 순간부터요."

설무백이 첫 번째 출정을 나선 다음의 일이니, 벌써 삼 년도 더 지난 일이었다.

풍사는 시도 때도 없이 돌아가신 외조부를 대신해 달라며 설무백에게 매달렸다.

설무백은 간곡하면서도 집요하게 매달리는 그의 끈질김에 결국 두 손을 들고 말았다.

"뭐야, 진심은 아니었다는 거잖아?"

"주군이 약속을 깨지는 않을 테니, 결국 진심인 겁니다."

"뭐, 일단은 그렇다고 해 두지."

설무백은 픽 웃으며 한마디 던지고는 무심한 듯 냉정하게 주변을 둘러보았다.

대화를 나누는 사이, 그와 풍사는 이미 십여 채의 통나무 집들을 아우르는 목책을 넘어선 상태였는데 주변에 그들을 노려보는 시선들이 있었다.

광풍사의 대원들이 미처 처리하지 못했거나 숨어 있던 자들이 모습을 드러낸 것이다.

"제가 처리하지요."

풍사가 어깨에 걸치고 있던 창을 내리며 앞으로 나섰다.

창대와 창극이 모두 다 한철로 이루어진 장창, 지난날 출정에 앞둔 그가 무저갱의 대장간에서 스스로 제련하고 흑비(黑匕)이라는 이름을 붙인 강철 창이었다.

살기를 드러내며 다가서던 사내들 중 서넛이 그를 노리고 성난 승냥이처럼 달려들었다.

쩨액-!

풍사의 수중에 들린 강철 창 흑비가 검은 호선을 그리며 돌아갔다.

채챙-!

쇄도하던 사내들의 칼날이 거친 금속성과 동시에 부러져 나가고…….

"크억!"

"크아악!"

억눌린 비명들이 그 뒤를 따랐다.

흑비의 창극이 닿기도 전에 뻗어진 기운이 사내들을 휩쓸어 버린 결과였다.

눈치를 보며 머뭇거리던 다른 사내들이 기겁하며 뒤로 뛰었다.

"감히 어딜……!"

풍사가 그대로 그들의 뒤를 따라붙으며 흑비를 길게 뻗어 냈다.

"으악!"

사내가 하나가 흑비의 창극에 여지없이 관통당하며 비명을 질렀다.

풍사가 신속하게 흑비를 당겼다.

개구리처럼 창극에 꽂혀 있는 사내가 그 여파에 뒤로 당겨지다가 창극이 빠져나간 구멍을 통해 피를 쏟아 내며 나자빠졌다.

풍사가 뽑아낸 흑비의 창극을 보란 듯이 머리 위에서 풍차처럼 돌리며 사방으로 튀는 사내들을 쫓아갔다.

그 모습을 보며 설무백이 웃었다.

"멋을 부리기는……."

이윽고, 짧은 시간 차를 두고 사방에서 비명이 터졌다.

풍사가 사방으로 도주하는 사내들을 신속하게 따라붙어서 하나씩 제거한 것이었다.

때를 같이해서 설무백은 슬쩍 자리를 옆으로 옮겨 측면으로 손을 내밀었다.

챙-!

쇳소리가 울리며 그가 내민 손에 크게 휘어진 기형의 칼날이 잡혔다.

"헉!"

고도의 은신법으로 숨죽이고 있다가 소리 없이 다가와서 그를 암습한 사내가 기겁하며 칼을 당기며 물러났다.

아니, 물러나려 했으나, 그럴 수가 없었다.

설무백의 수중에 들어간 그의 칼날이 철벽에 박힌 것처럼 꼼짝도 하지 않았던 것이다.

사내가 뒤늦게 칼자루를 놓고 빠르게 뒷걸음질 쳤다.

설무백이 수중에 들어온 기형도를 그 사내에게 내던졌다.

어린아이의 돌팔매질처럼 그 어떤 기세도 느껴지지 않는 행동이었다.

사내가 그걸 느낀 것처럼 혹은 무심결인 것처럼 그가 내던진 칼을 잡으려고 손을 내밀었다.

그러나 날아간 기형도가 내밀어진 그 손을 속절없이 잘라 버리며 그의 이마에 꽂혔다.

설무백이 내던진 기형도에는 그가 느낄 수 없는 막강한 기력이 담겨 있었던 것이다.

기형도의 여파에 밀려서 저만치 날아가 버린 사내는 벽에 꽂혀서 쓰러지지도 못한 채 죽어 버렸다.

어느새 설무백의 곁으로 돌아온 풍사가 그 모습을 보며 쓰게 입맛을 다셨다.

"저는 파리만 쫓았네요."

설무백을 암습했던 사내가 자신이 처리한 사내들과 달리 제법 고수급임을 대번에 알아보며 하는 소리였다.

설무백은 그저 웃으며 발길을 재촉했다.

"가지."

싸움이 어느새 끝나 가는 모양이었다.

사방에서 들리던 싸움의 소음이 서서히 잦아들고 있었다.

설무백과 풍사는 치열했던 싸움을 대변하듯 피와 주검으로 얼룩진 전장을 산보에 나선 풍류공자들처럼 유유자적 가로질렀다.

그리고 얼마 지나지 않아 그들은 적 진영의 깊숙한 안쪽으로 발을 들여놓았다.

보통의 장원이라면 후원이라고 할 수 있는 그곳은 주변에서 불타는 통나무집들로 인해 대낮처럼 밝았다.

거기에는 색다른 광경이 펼쳐져 있었다.

손을 놓고 있는 서너 명의 광풍대원들이 지켜보는 가운데, 부대주인 천타가 비슷한 체격의 거한 하나와 대치하고 있었던 것이다.

보통은 이런 경우가 없다.

천타가 대치 국면을 유지할 정도로 강한 적은 그동안 한 명도 없었기 때문이다.

"저치가 여기 수괴야?"

천타가 다가서는 설무백의 질문에 미처 대답하기도 전에 상대인 거한이 눈을 크게 뜨며 부르짖었다.

"마동(魔童)!"

설무백을 알아본 것이다.

그간 광풍대의 선두에서 무저갱 인근에 잠복한 첩자들과 도부수들을 무차별적으로 척살하고 다니는 그에게 언제부터인지 모르게 어린 마귀, 마동이라는 별명이 붙어 있었다.

"철나한(鐵羅漢) 상척(相倜)이라는 자입니다. 확인해 보니 대장이 주신 명단에 있는 육선문의 졸자더군요."

설무백이 광풍사의 대주가 된 이후 가장 먼저 착수한 작업이 바로 그것이었다.

아버지 설인보를 적대하는 정 태감의 세력에게 빌붙어서 아부한 육선문의 고수들을 추려서 명단을 작성했던 것이다.

일종의 살명부였다.

설무백은 눈을 빛냈다.

철나한 상척이라면 그도 정확히 기억하고 있었다.

파계승(破戒僧) 출신의 고수로, 천타의 말과 달리 졸자가 아니다. 적어도 육선문의 수뇌급에 속하는 인물이다.

"의외의 거물을 생포했네?"

"생포?"

설무백의 말을 들은 상척이 언제 그를 보고 놀랐냐는 듯 눈가를 사납게 씰룩이며 코웃음을 날렸다.

"과연 그럴까? 그리도 자신 있으면 어디 한번 직접 나서 보는 게 어떠냐?"

설무백은 피식 웃으며 풍사를 향해 물었다.

"저거 지금 격장지계(激獎之計) 쓰는 거지?"

풍사가 고개를 끄덕이는 것으로 인정하며 대꾸했다.

"주군이 어리게 보이는 탓입니다. 소문과 달리 아주 만만

해 보인다 이거죠."

"어리게 보이는 것이 아니라 사실이 그들보다 어린 거니까 저치를 탓할 일은 아니네."

"그래서 직접 나서시려고요?"

"내가 왜?"

"……?"

"관심 없어. 이제 저만한 애들을 상대로는 아무것도 배울 게 없거든."

"아……!"

풍사가 과연 그렇겠다는 표정으로 고개를 끄덕였다.

반면에 상척의 얼굴은 썩은 대춧빛으로 물들어 버렸다.

바보가 아닌 다음에야 그들의 대화가 무슨 뜻인지 모를 리 없는 것이다.

"어린놈이 주둥이만 살아서 나불거리는구나!"

설무백은 빙그레 웃으며 말했다.

"한 가지만 대답해 주면 당신이 그토록 원하는 내가 상대해 주지. 현 육선문을 이끄는 무상(武相)의 정체가 누구야?"

"……!"

상척이 대답을 못 하며 안색을 굳혔다.

설무백은 한심하다는 듯 끌끌 혀를 찼다.

"멍청이네. 적당히 아무 이름이나 대어도 그게 진짜인지 가짜인지 밝혀내려면 한참 걸린 텐데, 그렇게 머리가 안 돌아가나 그래?"

상척의 얼굴이 새삼 썩은 대춧빛으로 물들었다.

설무백은 상척을 바라보며 풍사에게 향해 물었다.

"풍사 아재가 보기엔 어때? 저 입이 회유나 고문으로 열 릴 입처럼 보여, 안 보여?"

풍사가 대답했다.

"회유도 회유 나름이고, 고문도 고문 나름이죠. 저는 그런 쪽으로 자신 없지만, 그런 쪽의 귀재(鬼才)는 하나 알고 있습 니다."

"누구야, 그게?"

"바가우헤르, 그러니까 작은 소, 소우(小牛)죠."

대막의 언어로 바가는 작다는 뜻이고, 우헤르는 소를 의 미하니, 풍사의 말에 따라 한어로 직역하면 소우가 되는 것 이다.

과연 풍사의 호명에 함께 그 이름과 어울리는 사내 하나 가 설무백의 곁으로 나섰다.

또래에 비해 크긴 해도 하나같이 장신에 덩치가 큰 광풍 사의 대원들과 비교하면 가장 작은 편에 속하는 설무백보다 머리 하나는 더 작은 체구의 곱상한 사내였는데, 목소리 또 한 그와 어울리게 중성적인 느낌이 강하게 드는 가는 미성 을 가지고 있었다.

"맡겨 주시면 한번 결과를 만들어 보겠습니다."

설무백은 잠시 눈을 끔뻑이며 소우를 바라보았다.

그는 이 사람, 소우를 알고 있었다.

광풍오랑, 즉 광풍대에서 다섯 손가락 안에 꼽히는 고수였다.

사람들 속에 섞여 있으면서도 늘 새침한 모습이라 격에 어울리지 않게 너무 여린 성격이 아닌가 했는데, 고문의 귀재라니 이채롭기 그지없었다.

그는 역시 사람은 겉만 보고 판단해서는 절대 안 된다는 것을 새삼 깨우치며 허락했다.

"어디 한번 해 봐. 서두를 필요 없으니까, 느긋하게."

설무백의 허락이 떨어지기 무섭게 소우가 다소곳이 고개를 숙였다.

그들의 대화를 지켜보던 상척이 이를 갈며 분노를 토했다.

"이것들이 정말 누굴 거지발싸개로 보나……!"

천타가 그 순간, 상척에게 달려들었다.

지난날 풍사에게 물려받은 그의 은빛 장창 백선의 서슬이 독사의 머리처럼 파르르 떨리며 상척의 가슴을 찌르고 들어갔다.

"헉!"

분노하던 상척이 감히 막을 생각을 못 한 듯 기겁하며 물러났다.

그때 어느새 뒤로 다가선 광풍삼랑, 성난 뱀, 노사(怒蛇)가 상척의 등을 후려쳤다.

퍽―!

둔탁한 소리와 함께 두 눈이 커진 상척이 그대로 고꾸라지며 바닥에 얼굴을 처박았다.

"이런 비겁한……!"

"비겁한 게 아니라 효율적이라고 하는 거야."

천타가 반사적으로 고개를 쳐들고 이를 가는 상척의 뒷덜미를 사정없이 발로 밟으며 마혈을 점했다.

상척이 고개를 쳐든 채 통나무처럼 굳었다.

천타가 그런 상척의 옆구리를 차서 소우의 면전으로 굴렸다.

소우는 작은 체구에도 불구하고 거구의 상척을 가볍게 들어서 어깨에 짊어졌다.

천타가 그제야 설무백에게 다가와서 보고했다.

"짐작대로 노약자들과 감금되어 있던 애들은 전부 다 인근의 유목민들이었습니다."

"다들 풀어 줬지?"

"예, 전처럼 애들이 가지고 있던 금품도 전부 그들에게 건네주라고 지시해 두었습니다."

"잘했군."

그들의 대화가 끝나자, 풍사가 다가와서 넌지시 물었다.

"귀가하실 건가요?"

설무백은 가볍게 고개를 끄덕이며 돌아섰다.

"그래, 돌아가자. 석 달을 넘기는 건 너무 심해."

출도무림出道武林 (2)

설무백이 무저갱으로 돌아왔을 때, 설인보는 집무실에서
십여 명의 노인들과 담소를 나누고 있었다.

다들 낯익은 노인들이었다.

각양각색의 의복을 차려입은 그들은 인근 부락의 촌장들
과 주기적으로 인근에 터를 잡는 유목민의 대표들이었다.

설무백은 지난 몇 년간 무저갱 인근을 이 잡듯이 뒤지고
다닌 까닭에 어렵지 않게 그들을 알아볼 수 있었다.

회의라면 회의였고, 모임이라면 모임이었다.

설인보는 무저갱의 갱주로 부임한 이후부터 그들, 대표들
과 정기적인 만남을 가졌다.

"오늘은 이만하지요. 앞으로도 잘 부탁드리겠습니다. 어

려운 문제가 생기면 무슨 일이 있어도 바로 지원해 드릴 테니, 추호도 주저하지 마시고 연락해 주십시오."

설인보가 아무런 전갈도 없이 들이닥친 설무백에게 가벼운 눈총을 주며 서둘러 자리를 끝냈다.

다행히 회의가 끝물이었던 것 같았다.

촌장들과 대표들은 별다른 거부감 없이 인사를 나누며 자리를 떴고, 사전에 지시를 받은 듯 왕인을 비롯한 구복, 마등 등 무저갱의 삼대장과 몇몇 참모들이 들어와서 그 자리를 대신했다.

이채로운 일이었다.

그간 설무백이 돌아오면 보통은 설인보와 둘만의 자리에서 보고를 하거나 대화를 나누었다.

종종 필요에 따라 참모들을 호출하는 경우는 있었어도, 애초에 동석시키는 것은 이번이 처음이었다.

"간자들의 본거지를 찾았다는 보고는 받았다. 그래, 처리는 잘했고?"

설인보가 태연하게 질문했다.

분명 무언가 일이 벌어져서 의도한 상황일 텐데, 무심하기 짝이 없었다.

워낙 공사가 분명하고 속이 깊어서 의식의 변화나 감정의 기복을 좀처럼 드러내지 않는 사람이라 도무지 사건의 경중을 짐작하기 어려웠다.

세월이 흘러도 조금도 변하지 않은 모습이었다.

무저갱에서의 구 년의 세월이 설인보를 변화시킨 것은 그저 조금 희끗거리는 귀밑머리뿐이었다.

"탑리목분지(塔里木盆地) 방향으로 육백 리가량 떨어진 구릉지대였습니다. 쉰두 명 중, 쉰 명을 즉결 처분했고, 수뇌로 보이는 자를 포함, 두 명을 생포했습니다. 놈들이 잡고 있던 유목민들이 예순 명가량 있었는데, 기존의 결정대로 전부 그 자리에서 풀어 주었고요."

"멀리도 갔구나."

"인근 지역의 토벌은 끝냈으니까요."

"고생했다. 솔직히 네가 이 정도까지 잘해 내리라고는 미처 예상하지 못했는데, 이제 정말 인정할 수밖에 없구나."

설무백은 이제야 확실한 느낌이 왔다.

아버지 설인보는 빈말이라도 자신의 오판을 이렇듯 대놓고 드러내며 상대를 치하하는 사람이 아니었다.

분명 무슨 일이 생긴 것이다.

"무슨 일입니까?"

설인보는 잠시 망설이는 기색을 보이다가 이내 미온한 미소를 머금으며 대답했다.

"황성에서 황제 폐하의 전갈이 왔다. 돌아오는 중추절(仲秋節)을 기해 황궁으로 복귀하라는 명령이다. 도찰원(都察院)의 좌도어사(左都御司) 직을 제수 받았다. 영전(榮典)이지."

설무백은 적잖게 놀라서 머리를 한 대 맞은 표정으로 눈을 깜빡였다.

도찰원이라면 오군도독부, 육부(六部)와 더불어 이 나라의 주요 통치 기관 중 하나였다.

하물며 최고 실무 행정기관인 육부에 속하는 병부(兵部)와 실권을 나눈 오군도독부와 달리 황제 직속으로, 정부에 속한 모든 관리들의 임무 수행 능력을 감찰하는 막강한 권력을 가진 기관이었다.

게다가 좌도어사라면 우도어사(右都御司)와 더불어 도찰원의 권력을 나누는 수장이 아닌가?

'황제를 가지고 논다는 내시가 이걸 허락했다고? 숙적에게 그런 권력을?'

말이 되지 않는다.

무언가 음모라고밖에 생각할 수 없었다.

"확실히 영전인 건가요?"

설무백의 질문에 설인보가 씁쓸한 미소를 지으며 대답했다.

"표면상으로는 그렇고, 사실은 둘 중 하나일 게다. 그자가 적은 멀리 두는 것보다 가까이 두는 게 편하다는 것을 깨달았거나, 폐하께서 그만큼 위험한 상황이거나."

"전자라면 이해가 되는데, 후자라면 이해할 수 없네요. 환관의 힘은 황제 폐하의 총애에서 나온다고 제게 말씀해 주시지 않았습니까."

"그랬지. 하나, 황제도 바뀔 수 있는 게 아니더냐."

설무백은 절로 눈을 크게 떴다.

"그럼 역모를……!"

"거기까진 입에 담지 말거라!"

설인보가 준엄하게 꾸짖었다.

설무백은 입을 다물고 고개를 숙였다.

"죄송합니다."

설인보가 물끄러미 그를 보다가 가만히 탄식하며 고개를 저었다.

"아니다. 내가 또 너를 어리게 보았구나."

미안하다는 듯이 계면쩍은 미소를 지은 그가 진중하게 다시 말문을 열었다.

"황상께서는 황후(皇后) 말고도 비빈(妃嬪)이 서른여섯이고, 그 사이에서 낳은 자손이 마흔아홉이다. 그중에서 황자(皇子)만 스물여덟인데, 정 태감은 벌써부터 마(馬) 황후 소생의 장남인 의문태자(懿文太子) 주표(朱標)를 다음 대 황제로 추대하려는 움직임을 보이고 있었다."

설무백은 절로 곤혹스러운 표정이 되었다.

말을 들으면서도 당최 무슨 말인지 이해하기 어려웠기 때문이다.

황실과 정국에 대한 얘기가 나오면 그는 늘 이랬다.

분명 전생의 모든 기억을 가지고 있으면서도 황궁의 내력에 대해서는 매우 무지했다.

하긴, 일찍이 뒷골목에서만 구른 인생이라 명색이 흑도의 거물이 되었어도 황궁과는 거리를 두고 소위 그쪽으로는 오줌도 싸지 않고 살았다.

모르는 것이 당연하니, 자책할 일은 아니었으나 못내 아쉬운 마음이 드는 것은 어쩔 수 없었다.

그쪽으로 조금이라도 아는 바가 있었다면 아버지 설인보를 얼마든지 도울 수 있었을 테니 말이다.

'이럴 줄 알았으면 황궁이나 관부 쪽도 관심을 두고 살 걸 그랬군.'

설무백은 새삼 자책하다가 슬며시 고개를 저었다.

지금 그가 마주한 현실이 전생의 그가 알고 있던 과거의 시간과 다를 수도 있지 않은가.

가능성은 충분했다.

전생과 후생의 차이가 단지 시간의 흐름만 다른 것이 아닐 수도 있었다.

전혀 다른 차원으로의 이동은 아닐지라도 역사가 달라지는 새로운 시간의 공간일 수도 있겠다는 것이 그의 생각이었다.

'확인이 필요해.'

물론 그런저런 이유를 떠나서 왠지 모르게 아버지 설인보에게 미안한 감정이 드는 것은 어쩔 수 없었다.

황제의 상황과 무관하게 이번 사태에는 그의 책임이 작지 않다는 것을 인지한 것이다.

"결국 저로 인해 벌어진 일이로군요. 쥐 죽은 듯 조용히 살아도 부족할 판에 감시자든, 뭐든 저들이 보낸 자들을 모조리 청소해 버렸으니, 저들의 마음이 급해졌을 테지요."

"세상이 그런 거다. 필요 이상으로 너무 잘해도 문제가 생기는 법이지."

설인보가 굳이 부정하지 않으며 웃었다.

그리고 재차 물었다.

"네 생각에는 이 아비가 어떻게 했으면 좋겠느냐? 황상의 명령으로 보고 따르는 것이 옳을까, 아니면 정 태감의 농간으로 보고 뿌리치는 것이 나을까?"

설무백은 물끄러미 설인보를 바라보았다.

여태껏 한 번도 그의 의견을 묻지 않던 사람이 불쑥 그의 의견을 묻고 있었다.

이건 이제 더 이상 그를 철부지 어린아이로 취급하지 않겠다는 표현일 것이다.

색다른 기분에 사로잡힌 그는 본의 아니게 미소를 드러내며 거두절미하고 반문했다.

"자신 있으세요?"

설인보가 예리하게 알아들으며 희미한 미소를 흘렸다.

"황궁으로 돌아가서 그자들을 상대할 자신을 말하는 거라면, 당연히 자신 없다. 구 년이 훌쩍 지났건만, 이 아비는 아직 준비가 되지 않았다."

설무백은 가만히 고개를 끄덕였다.

어떤 준비를 말하는 건지는 모르겠으나, 그렇다면 답은 하나였다. 그는 그것을 말했다.

"그럼 준비가 다 될 때까지 시간을 버는 것이 어떻겠습니까?"

"나 역시 그리 생각해 보지 않은 것은 아니나, 도무지 마땅한 방법이…….."

"중추절이라고 날짜까지 정했다면 그 전에 새로운 무저갱주가 부임할 테지요. 사실 저는 그자가 아버님의 후임이 아니라 저들이 보낸 자객일 수도 있다는 생각이 듭니다."

"음."

설인보가 침음을 흘렸다. 인정이었다.

설무백은 힘주어 자신의 결론을 피력했다.

"소자가 중도에서 그들을 막겠습니다."

설인보의 안색이 굳어졌다.

설무백은 그 표정만 보고도 능히 설인보의 속내를 짐작할 수 있었다.

황제의 칙서를 막는다는 것에 대한 거부감이었다.

말로는 무능한 주인은 언제든지 버리겠다고 강변하면서

도 정작 명령 하나 제대로 거부하지 못하는 것은 어쩔 수 없이 황제의 가신이라는 피가 작용하는 아버지 설인보의 모순일 것이다.

설무백은 그걸 알기에 더욱 강변했다.

"제가 보기에는 그게 최선의 방법입니다, 아버님. 그들이 모르게 하겠습니다. 절대로 흔적을 남기지 않겠습니다. 어려운 일이 아닙니다. 경사응천부에서 여기가 어디라고 그 흔한 산적이나 마적 하나 없겠습니까."

"음!"

설인보가 재차 묵직한 침음을 흘렸다.

싫지만 인정할 수밖에 없을 정도로 마음이 동하는 자신의 알량한 양면성에 자괴감이 든 것일까?

아니, 어쩌면 설인보는 이미 이런 예상을 하고 있었는지도 모른다.

지난 십여 년간 황제의 칙령을 가지고 무저갱을 찾아오는 관리는 하나도 없었다.

모르긴 해도, 그건 설인보를 아끼는 황제의 배려가 분명했다.

정적들이 쉽게 해칠 수 없는 여기 변방의 무저갱으로 설인보를 보낸 것처럼, 정적들이 설인보를 해칠 수 있는 빌미를 주지 않으려고 칙령조차 보내지 않았을 터였다.

황제는 자신의 명령을 받은 칙사라면 이유 여하를 막론하고 기꺼이 맞이할 것이라는 설인보의 충성심을 알고 있고, 자신의 명령을 전달하는 칙사가 얼마든지 설인보를 해치려는 정적들의 하수인으로 돌변할 수 있다는 사실도 모르지 않을 정도로 영민했다.

그런데 느닷없이 황제의 그 암묵적인 의도가 허물어졌다.

이건 황제의 변심으로도 볼 수 있지만, 황제의 위상이 그만큼 낮아졌다는 것으로도 해석될 수 있었다.

즉, 이번 사태가 황제의 의중과 전혀 무관한 일일 수도 있다는 결론이 가능한 것이다.

과연 최고의 지장이라는 설인보가 그걸 모를까?

알고도 남음이 있었다.

지금 설인보는 그래서 고민스러운 것이다.

내심 후자일 거라고 생각하면서도, 아니, 어쩌면 후자이기를 기대하면서도 정말 그게 옳은 판단인 것인지 갈피를 못 잡고 있는 것이 분명했다.

아니나 다를까, 이내 안색을 굳힌 그가 그와 같은 속내를 드러냈다.

"그가 진정 황제 폐하의 명령을 받은 무저갱의 후임이라면 어쩔 것이냐?"

"가려내야지요. 그 정도 눈은 제게도 있습니다."

설인보가 자리에서 일어나서 주변을 서성거렸다.

설무백은 조용히 기다렸다.

무슨 일이든 스스로 납득할 수 없으면 절대 물러서지 않는 설인보의 성정을 그는 익히 잘 알고 있었다.

이윽고, 창가에 서서 창밖을 바라보던 설인보가 불쑥 말했다.

"긴 여정이 될 수도 있다, 그자는 쉽게 포기할 사람이 아니니까."

결정이요, 허락이었다.

이번 일이 환관 정정보, 정 태감의 계획이라면 한두 번 틀어졌다고 해서 포기하지 않을 테니, 중도에서 막으려면 제아무리 뛰어난 기동력을 가진 병사들을 운영해도 무저갱으로 돌아올 여유가 없다는 사실을 말하는 것이다.

설무백은 대수롭지 않게 말을 받았다.

"저보다는 그가 먼저 포기할 겁니다. 저는 어리고, 그는 늙었으니까요."

설인보가 피식 웃으며 물었다.

"어느 지역을 거점으로 두는 것이 좋을까?"

설무백은 잠시 생각하고 이내 결정하며 답변했다.

"감숙성 난주(蘭州)가 어떨까 합니다."

그는 답변이 조금 부족하다고 생각하며 부연했다.

"여기 무저갱으로 오는 길목 중에서 거기만큼 중요하고 또 번잡한 지역도 없지요."

황하의 상류인 하서회랑의 동쪽에 위치한 감숙성의 성도

인 난주는 서역으로 가는 길의 초입이자, 남경에서 무저갱으로 오는 길의 마지막을 장식하는 대도시이다.

따라서 남경에서 출발해서 청해성으로 들어서는 대규모 인원의 경우 필히 난주를 들러서 물자를 보충한다.

청해성 자체가 워낙 열악한 환경이라 일단 성 경계를 넘어서면 성도인 서녕(西寧)에서조차 제대로 된 물자 구입이 어렵기 때문이다.

그와 같은 사정을 익히 잘 알고 있는 설인보는 두말없이 고개를 끄덕이는 것으로 설무백의 말을 수긍했다.

"그리하거라."

"중추절은 이제 고작 넉 달밖에 남지 않았습니다. 후임자는 그 이전에 도착할 테니, 떠날 채비를 서두르도록 하겠습니다."

설인보가 그의 말을 듣고도 창밖을 보는 상태로 돌아보지 않고 잠시 뜸을 들이다가 말했다.

"필요한 것이 있으면 말해 봐라. 인원이든 뭐든 최대한으로 준비해 주마."

"자리를 잡으려면 자금은 좀 필요할 테지만, 인원은 지금 광풍대로 충분합니다. 그게 아니라도 마적이 되려는 마당에 무저갱의 무사들을 동원하는 건 안 될 말이지요."

묵묵히 고개를 끄덕인 설인보가 마등을 불렀다.

"마등!"

"예, 넉넉히 준비해서 전해 드리겠습니다."

마등이 눈치 빠르게 대답하자, 구복이 말을 덧붙였다.

"애들 옷도 바꾸어야 합니다. 지금 옷을 입고 난주에 입성했다간 대번에 포도아문의 표적이 될 겁니다."

옳은 지적이었다.

광풍사의 악명은 이미 오래전부터 청해성을 넘어섰다.

광풍사를 모르는 사람들도 그들의 독특한 표기가 수놓인 백의는 알아볼 정도였다.

사막의 백색 공포라는 수식어가 괜히 생긴 것이 아닌 것이다.

"그렇겠네. 근데, 그건 또 어디서 구해야 하지?"

왕인이 나섰다.

"제가 구해 드리겠습니다. 영내 시비들에게 시키면 편할 테지만, 그건 시간이 좀 걸릴 테니, 인근 부락을 뒤져 보는 게 좋을 텐데, 그쪽은 제가 정통하지요. 조금 촌스럽긴 해도 대충 구색은 맞출 정도는 구할 수 있을 겁니다."

"좋아, 부탁해."

설무백은 자리를 털고 일어나며 설인보를 바라보았다.

설인보는 여전히 창밖을 바라보며 서 있었다.

"자, 그럼 이제 다 된 거죠?"

무슨 생각이 그리 복잡한지 창밖을 바라보며 연신 한숨을 내쉬던 설인보가 자리를 끝내려는 그의 말을 듣고서야 툭 한마디 던졌다.

"정리 잘하고, 떠나기 전에 네 어미나 찾아뵈라."

"예, 알겠습니다."

설무백은 서둘러 돌아섰다.

청산유수처럼 말은 쉽게 잘했지만, 떠나기 전에 할 일이 태산이라 서두르지 않을 수 없었다.

그러나 서둘러 방을 나서려던 그는 문득 뇌리를 스치는 생각이 있어서 발걸음을 멈추었다.

얼마 지나지 않아서 정국이 어지러워진다.

그리고 또 얼마 지나지 않으면 정변(政變)이 일어나고, 경사가 남경 응천부에서 북경 순천부(順天府)로 바뀌게 된다.

연왕(燕王) 주체(朱棣)가 황위에 오른 조카를 축출하고 황위를 찬탈, 영락제(永樂帝)가 됨으로써 변화되는 역사였다.

황궁의 변화에 관심을 두지 않고 살던 전생, 흑사신 시절의 그도 그것만큼은 분명하게 기억하고 있었다.

그래서 고민스러웠다.

그처럼 파격적인 역사의 흐름이, 돌이킬 수 없는 정국의 변화가 아버지 설인보에게 어떤 영향을 끼칠지 몰라서 지나가는 말처럼 가볍게라도 언급을 해 주고 싶은데, 도무지 그게 쉽지 않았다.

이게 다 과거의 기억이 아니라 전생의 기억이기 때문이다.

전생의 기억을 밝힌다는 것이 과연 옳은 일인지는 차치하고, 혹시라도 지금의 역사가 전생에 그가 겪은 역사와 무관하게 전혀 다른 방향으로 흘러갈 수도 있었다.

지금의 그가 전생의 기억을 고스란히 간직하고 있다는 사실 자체가 논리적으로 절대 설명될 수 없는 일이 아닌가.

얼마든지 새로운 역사가 창조될 수도 있다는 것이 그의 생각이었다.

'결국 내가 알아볼 수밖에는……'

방문을 잡고 멈춰 서서 남모르게 깊이 고민하던 그는 어쩔 수 없이 그런 결정을 내릴 수밖에 없었다.

다행히 아직 황권이 바뀌지 않았다.

정변은 그다음이다.

경사가 남경 응천부에서 북경 순천부로 바뀌기까지는 아직 적지 않은 시간이 남아 있었다.

천만다행이었다.

짧은 한숨을 내쉰 그는 대체 무슨 일인가 싶어서 어리둥절한 눈으로 바라보는 왕인 등을 향해 바보처럼 히죽 웃어주고는 서둘러 설인보의 집무실을 벗어났다.

어머니 양화는 늘 그렇듯 별다른 내색을 하지 않았다.

몇 개월이나 아무런 연락이 없다가 불쑥 나타나서 안부를 전하고, 또 그렇게 소리 소문 없이 사라져 버려서 감감무소식이던 아들의 무심함을 조금도 탓하지 않았다.

언제나처럼 상냥한 태도와 부드러운 말투로 그를 반겨 주었다.

설무백은 한결같은 그녀의 태도가 때로는 고맙기도 하고, 때로는 부담스럽기도 했지만, 이번에도 역시 애써 태연을 가장했다.

못내 부자연스러운 까닭에 역시나 어리광을 부리진 못했지만, 정말 진심 어린 아들로 돌아가서 나름 주절주절 저간의 사정을 밝히고 작별을 고했다.

"다녀오겠습니다, 어머님."

걱정과 근심을 외면하며 적극적으로 아들을 지지하는 것이 그에 대한 그녀의 미덕이라면, 전생의 기억으로 말미암아 어색하고 쑥스러운 감정을 억누르지 못해서 노골적으로 응석을 부리지는 못해도 진심으로 대하는 것이 그녀에 대한 그의 보답이었다.

어머니 양화의 마음은 헤아릴 길이 없을 정도로 고마웠지만, 그것 말고는 그가 달리 그녀에게 해 줄 수 있는 것이 없었다.

전생인 흑사신 시절에도 그는 아버지에 대한 기억이 전혀 없었으며, 어머니에 대한 기억 또한 손가락 한 마디처럼 짧았다.

그가 감사하고, 고맙고, 애틋한 마음을 표현하는 방법은 상대를 진심으로 대한다는 것, 그것이 유일했다.

그런 면에서 볼 때, 무저갱 심처의 매요광과 척신명의 태도도 묘하게 그녀와 닮았다.

알게 모르게 아쉬운 기색을 감추지 못하면서도 그의 결정을 지지했고, 응원해 주었다.

설무백은 그래서 더욱 미안하고 아쉬운 마음이 들었으나, 차마 그런 내색은 할 수 없었다.

전생에 비해 엄청나게 유해진 그였으나 그런 감정을 드러내는 것은 여전히 엉성하고 어설프다는 말로는 부족할 정도로 더없이 서툴러서 이미 포기한 지 오래였다.

매요광과 척신명도 그런 감정을 제대로 표출하는 사람들이 아닌 것이 다행이라면 다행이었다.

그들과의 작별 역시 어머니 양화와 다를 바 없이 내일 다시 만날 사람처럼 가식적인 인사로 끝낼 수 있었던 것이 바로 그 때문이었다.

"다녀오겠습니다."

"잘 다녀와라."

그들과의 마지막 작별 인사는 서로 무덤덤하게 웃으며 시선을 주고받은 것이 다였다.

문제는 북편 무저갱의 내부 관리자가 된 도귀 예충이었다.

설무백이 짧게는 일이 년, 길게는 사오 년을 돌아오지 못할 수도 있다는 얘기를 전하자, 그는 분노했다.

"그건 어째 나와의 약속을 지키지 못하겠다는 얘기로 들리는걸."

"약속은 지킵니다. 그러니 지금까지와 마찬가지로 그저 기다려 주시기만 하면 됩니다."

"아니, 아니지. 이건 전혀 다른 얘기야."

"뭐가 다르죠?"

"여태까지는 황무지를 돌며 쥐새끼들을 잡는 것에 불과했지만 이건 엄연히 중원 출도니까."

"중원…… 출도요?"

설무백은 절로 머쓱해졌다.

그동안 한 번도 그런 방향으로 생각해 본 적이 없었다.

예충이 인상을 쓰며 반박했다.

"아니라고 할 텐가?"

"당연히 아닙니다. 그저 조금 멀리 나가서 쥐새끼를 사냥하는 것일 뿐, 지금까지와 전혀 다르지 않습니다."

"정말 모르는 것이냐, 아니면 모르는 척하는 거냐? 옥문관을 넘어서 바로 만나게 되는 돈황(敦煌)만 해도 세외로 나가는 길목이라고 한다. 역으로 말하면 중원으로 들어가는 길목이라는 뜻이다."

그는 한층 더 냉담해진 어조로 강변했다.

"그렇다면 난주는 어떠하냐? 멀게는 무림 세가의 거두이자, 독(毒)의 조종 가문이라 불리는 사천당문(四川唐文)보다도 중원 무림과 가깝고, 가깝게는 구파일방의 하나인 공동파(崆峒派)를 벗하고 있는 지역이 바로 난주다. 이래도 중원 출도가 아니라고 할 테냐?"

설무백은 냉정하게 예충의 말을 잘랐다.

"사실이 그렇다고 해도 저와는 상관없는 일입니다. 제 목적은 그들이 아니니까요."

예충이 말꼬리를 잡았다.

"상관있다. 아니, 상관있게 될 것이다. 나무는 가만히 있으려 하나 바람이 가만두지 않고, 하늘은 늘 푸르나 먹구름이 앞으로 가리는 것처럼, 너 또한 다르지 않을 테니까. 흐흐흐……!"

설무백은 예충의 집요함에 짜증이 솟구쳤다.

"그래서 뭘 어쩌자는 겁니까? 저는 이미 결정했고, 절대 변하지 않습니다. 아직 시일도 다가오지 않은 약속을 가지고 저를 흔들지 마세요."

예충이 삐딱하게 그를 보았다.

"위협처럼 들리는구나."

설무백은 냉정하게 대꾸했다.

"못할 것도 없지요."

"그래, 못할 것도 없지. 나도 그렇다."

예충이 싸늘하게 대꾸하고는 그보다 더 차갑게 가라앉은 눈초리를 빛내며 의미심장하게 말을 덧붙였다.

"내우외환(內憂外患)이라는 말이 있지. 주변의 쥐새끼를 정리했다고는 하나, 네가 나설 정도로 밖에서 다가오는 근심이 그리 큰데, 안에서조차 근심이 생긴다면 무저갱의 상황이 과연 어떻게 변할까?"

설무백은 흠칫하며 새삼스러운 눈빛으로 예충을 바라보았다.

엄연한 협박이라 분노해야 마땅하나, 그 전과는 다르게 보이는 예충의 모습이 그의 마음을 차분하게 진정시키고 있었다.

지금의 예충은 지난날의 예충과 달랐다.

백짓장처럼 창백한 얼굴은 여전했으나, 가늘게 찢어진 두 눈에서 검은 달빛과도 같은 귀기(鬼氣)가 흘러나오는 가운데, 전에 없던 위압감이 느껴지고 있었다.

지난 시간은 그만을 위한 시간이 아니었다는 방증이었다.

그가 진보했듯 예충도 진보한 것이다.

설무백은 대번에 얼음처럼 싸늘하게 식어 버리는 가슴을 느끼며 매섭게 예충을 노려보았다.

자연히 말도 거칠게 나갔다.

"이거 갑자기 생각이 바뀌는군요. 처리할 것은 미리미리 처리해 버리자는 쪽으로 말입니다."

예충이 태연하게 웃었다.

"약속을 앞당기겠다는 거냐?"

"내가 왜 그래야 하죠?"

설무백은 굳이 살기를 감추지 않으며 매섭게 잘라 말했다.

"상대가 깨겠다는 약속을 내가 왜 굳이 지키려 하겠습니까. 손가락 하나만 까딱하면 쉽게 해결할 수 있는데 말입니다."

지금 예충은 혼자였고, 그의 뒤에는 풍사와 천타, 그리고 굳이 형식을 지키고자 따라나선 마등과 다수의 병사가 시립해 있었다.

지금 그가 마음만 먹으면 얼마든지 예충을 제거할 수 있는 것이다.

풍사는 옛정에 휘둘려서 머뭇거릴지 몰라도 다른 사람들은 전혀 아니었다.

예충이 제아무리 막대한 내공을 회복했다고 해도 그를 위시한 천타 등을 감당할 수는 없을 것이다.

"네가 정말 그럴 수 있을까?"

예충이 비릿하게 웃었다.

애써 내색은 삼가나, 적잖게 흔들리는 마음을 여실히 읽을 수 있었다.

"얼마든지요. 내가 이래 봬도 파락호 기질이 매우 풍부해서 가끔은 비열함을 미덕으로 아는 사람이거든요."

설무백의 태도는 어디까지나 무심했다.

이럴 때는 화를 내는 것보다 무심한 것이 더욱 위협적이라는 사실을 그는 전생의 경험을 통해서 다른 누구보다도 익히 잘 알고 있었다.

게다가 이건 단순한 위협이 아니었다.

실제로 그는 이 자리에서 예충을 제거하는 것이 그대로 살려 두는 것보다 나을지 내심 심각하게 고려하고 있었기 때문이다.

흑도黑道

한동안 눈싸움이 벌어졌다.

누구 하나가 시선을 피하면 그대로 죽을 것처럼 느껴지는 치열한 눈싸움이었다. 그러던 어느 순간, 예충이 물러섰다.

문득 비틀린 미소를 지은 그가 항복이라는 듯 두 팔을 높이 쳐들며 말했다.

"그래, 내가 졌다."

설무백은 갑작스러운 예충의 항복이 미심쩍어서 확인했다.

"진심이겠죠?"

역시나 예충이 의미심장하게 웃으며 말꼬리를 잡았다.

"대신 제안을 하나 하지."

"제안……요?"

"나도 데려가라. 장담하는데, 여기서 애들 뒤치다꺼리나 시키는 것보다 데려가면 네게 더 큰 도움이 될 거다."

설무백은 내심 고소를 금치 못했다.

예충이 왜 그렇게 억지를 부리며 이를 드러내고 시비를 건 것인지 이제야 알 것 같았다.

어째 어울리지 않게 어깃장을 놓나 했더니 이것이었다.

애초부터 예충은 싸우려는 것이 아니라 밖으로 나갈 빌미를, 아니, 명분을 얻으려 했던 것이다.

이유야 어쨌든 나쁘지 않았다.

이번 그의 출정은 기본적으로 왕인 등 군관들을 동원할 수 없는 일이다.

아버지 설인보에게는 광풍대만으로 충분하다고 장담했지만, 기실 부족한 감이 없지 않아 있었다.

도귀 예충이라면 여러모로 적잖게 도움이 될 것이다.

다른 무엇보다도 그와 풍사, 천타 등 광풍대원들은 중원 무림에 대한 경험이 전무하지 않은가.

"제안이 아니라 부탁이라면 한번 생각해 보죠."

설무백이 픽 웃으며 말하자, 예충이 반색하며 즉시 두 손을 모으고 대답했다.

"부탁한다!"

같은 시각, 양화의 거처인 무양전의 내실에서도 눈싸움이 한참이었다.

양화와 유모 냉연이 벌이는 눈싸움이었다.

여기서는 양화가 졌다.

한숨을 내쉬며 눈길을 거둔 그녀는 적극적으로 아쉬움을 토로했다.

"정말 안 된다는 거지?"

냉연인 단호하게 대답했다.

"당연하죠!"

양화가 적잖게 불쌍한 표정으로 거듭 깊은 한숨을 내쉬며 사정했다.

"내가 이렇게 사정하는데도?"

"안 됩니다!"

"내가 무릎 꿇고 빌어도?"

"아씨가 무슨 짓을 하더라도 안 되는 건 안 되는 겁니다!"

냉연이 앙칼진 여우처럼 쌍심지를 곧추세우며 매섭게 잘라 말했다.

"장군님께서 아셨다간 끝장이에요! 집안이 아주 풍비박산 날 겁니다! 잘 아시면서……!"

구애가 거절당하면 집착으로 변하고, 집착마저 내몰리면

분노로 바뀌는 것이 사람의 본능이라는 말이 있다.

양화가 지금 그랬다.

애처롭게 사정하며 간절히 빌어도 통하지 않자, 열불을 토했다.

"잘 알긴 뭘 잘 알아! 주제도 모르고 충성과 의리가 인생의 전부인 줄 아는 그따위 좀스러운 위인의 생각이 뭐가 그리 중해서!"

보통 사람이라면 이 정도에서 주춤하거나 적어도 눈치를 보련만 냉연은 그리 호락호락하지 않았다.

"중하지요. 장군님이 주제는 몰라도 성질 하나는 대쪽 같다는 것을 다른 누구보다 아씨께서 가장 잘 아시잖습니까."

발끈하던 양화가 대번에 폐부를 찔린 표정으로 물러나서 매서워진 눈빛으로 냉연을 노려보았다.

"유모는 대체 누구 편이냐?"

"사실을 말하는데 네 편 내편을 왜 따지세요?"

냉연이 가당치 않다는 표정으로 대꾸하고 그녀를 외면하며 자리를 털고 일어났다.

"그럼 저는 이만 무연 아기씨나 보러 가겠습니다. 무연 아기씨가 내색을 하지 않아서 그렇지 박꽃처럼 여려서 이번 일로 상심이 아주 클 텐데, 혹시나 아씨처럼 엉뚱한 망상은 하지나 않는지 몹시 걱정되네요."

"……"

양화가 입을 다문 채 불길을 토하는 눈초리로 냉연을 쏘아보다가 이내 소매를 걷어붙이며 따라서 일어났다.

"좋아! 유모가 그리 싫다면 어쩔 수 없지! 내가 나서는 수밖에!"

냉연이 시큰둥한 표정으로 돌아섰다.

"그거야 제가 막을 수 있나요. 알아서 하세요."

양화는 그녀의 말을 들은 척도 하지 않고 옷장을 열어서 주섬주섬 옷가지를 챙겨 봇짐을 싸고, 벽장 깊숙이 넣어 두었던 칼을, 지난날 그녀가 무림에서 폭화라고 불리던 시절의 애병(愛兵)인 설린(雪鱗)을 꺼내서 허리에 둘렀다.

방을 나서다가 설마 하는 표정과 미심쩍은 눈빛으로 그녀를 돌아보던 냉연이 그제야 화급히 다가와서 말했다.

"아니, 왜 이러세요, 정말! 이런다고 제가 아씨의 청을 들어줄 것 같아요? 천만에 말씀이에요! 절대 그럴 수 없어요!"

양화는 냉정하게 그녀의 손을 뿌리쳤다.

"됐어! 다시 생각해 보니, 아무래도 그냥 내가 나서는 게 낫겠어!"

"아씨!"

"걱정 마! 그리 오래 걸리지는 않을 거야! 대체할 사람만 찾으면 바로 돌아올 거니까! 대체할 사람을 찾는 것도 그리 어렵지 않을 테고! 이래 봬도 내가 무림에 아는 사람이 꽤나 있지! 한 서너 달이면 충분해!"

'서, 서너 달⋯⋯!'

냉연이 기겁하고는 마침내 두 손 두 발 다 들며 항복했다.

"알았어요, 알았어! 제가 졌어요! 제가 나서도록 할게요! 그러니 어서 그 칼부터 넣어 두세요!"

양화가 동작을 멈추고 매섭게 그녀를 노려보며 따졌다.

"장군이 알면 집안이 풍비박산 나서 안 된다며?"

냉연이 자포자기한 것 같은 표정으로 한숨을 내쉬며 대답했다.

"설마 그렇기야 하겠어요. 그리고 제가 미처 그 생각을 못 했네요. 제가 따라가서 좀 지켜보다가 방금 아씨가 말한 것처럼 다른 사람을 붙여 놓고 돌아오도록 하지요."

양화가 냉정하게 물었다.

"쓸 만한 사람은 알고 있고?"

냉연이 와중에 자부심을 드러난 얼굴로 대답했다.

"아씨보다야 많죠. 아씨보다야 제가 더 무림의 물을 오래 먹었잖아요."

양화가 그제야 어깨에 들쳐 메던 봇짐을 내려놓고, 허리에 두른 유엽도, 설린을 풀어서 벽장 속에 다시 넣었다.

이내 언제 부랴부랴 짐을 꾸렸냐는 듯 다소곳이 자리에 앉은 그녀가 말했다.

"정말 쓸 만한 사람이어야 해. 믿을 수 있는 사람이여야 하고. 우리 무백이의 이목이 어느 정도나 뛰어난지 유모도 잘 알지?"

냉연이 그제야 자신이 당했다는 것을 깨달았으나, 사태를 되돌리기에는 이미 늦어 버렸다는 것도 알았다.

그녀는 정말 분하다는 기색으로 양화를 노려보며 말했다.

"그냥 지켜만 보는 겁니다? 도련님이 자리를 잡을 때까지만요?"

양화가 예의 현모양처로 돌아가서 흐트러진 머리칼을 다듬으며 대답했다.

"당연하지. 장부에게 그 이상은 어미로서도 하면 안 되는 짓이야."

※

예충과의 단판을 끝내고 밖으로 나선 설무백은 곽상을 불러서 함께 인근 마을을 돌며 필요한 물품을 구비했다.

그가 자리를 비운 동안 매요광과 척신명이 사용할 물품들이었다.

다른 건 왕인에게 위임할 수 있어도 그것만은 그가 처리했다.

매요광과 척신명이 끝까지 자신들의 존재를 외부에 알리고 싶지 않아 했기 때문이다.

그리고 그로부터 닷새가 지난 날 새벽녘에 변방의 촌스

러운 복장으로 갈아입은 광풍대를 이끌고 설무백은 무저갱을 나섰다.

금적적인 문제는 당일로 해결되었지만, 백팔 명에 달하는 광풍대원들의 새로운 복장은 왕인이 발 벗고 나섰음에도 나흘이 지나서야 겨우 마련할 수 있었다.

예상보다 시간이 더 지체되었으나, 나쁘지는 않았다.

본의 아니게 생긴 그 여유 시간에 설무백은 대략이나마 향후의 계획을 세울 수 있었다.

우선 가장 근본적인 문제인 근거지를 어디에 어떤 식으로 두느냐를 결정했다.

그것을 정하는 데에는 예충이 도움을 주었다.

예충은 그에게 세 가지 방안을 제시했다.

첫 번째는 산적처럼 으슥한 지역에 산채를 만드는 것이고, 두 번째는 공식적으로 문파를 여는 것이며, 마지막으로 세 번째는 비공식적으로 조직을 운영하는 것이 바로 그가 제시한 방안이었다.

그리고 그는 그에 따른 장점과 약점도 설명해 주었다.

첫째, 성 밖에 산채를 만드는 것은 적은 돈이 들며 움직임에 은밀함을 더할 수 있지만, 생필품 등을 구하는 도심에서의 거래가 원활하지 않아서 매우 열악한 환경이 될 것이라고 했다.

둘째, 성내에 공식적으로 문파를 여는 것은 얼굴을 드러내야 하고, 주변 문파들의 이목을 끌어서 시시비비가 생길 수도 있으며, 관부의 시선까지 주의해야 하지만, 생활 여건이 좋고, 비교적 대외적인 활동도 자유로울 것이라고 했다.

마지막으로 셋째, 성내에서 비공식적인 조직을, 이를테면 객잔이나 주루 따위를 운영하는 것으로 충분히 본색을 가릴 수 있고 비교적 관부의 시선을 피해서 활동할 수 있지만, 어쩔 수 없이 그 지역의 이권에 개입하는 터라 기존의 이권을 가지고 있던 흑도 세력과의 충돌은 피할 수 없을 것이라고 했다.

설무백은 그처럼 예충이 내놓은 세 가지 방안 중에서 마지막인 세 번째를 선택했다.

이번 일은 본색을 감추면서도 원활한 활동을 할 수 있는 것이 우선이라고 생각했기 때문이다.

기본적으로 흑도의 이권에 개입할 생각도 없고 말이다.

"애들이 안 믿을걸, 아마?"

"그땐 어쩔 수 없죠. 어느 정도의 협상은 가능하지만, 그게 안 되면 힘으로 누르는 수밖에요."

어느 날 갑자기 난주성에서 이름난 번화가 중 하나이고, 빛과 그림자처럼 부촌과 빈민가 사이를 구획하는 길이라 하루도 조용할 날이 없는 남문대로(南門大路)의 끝자락에 버려진 폐가처럼 자리하고 있던 낡고 허름한 객잔 하나가 새로운 주인을 맞이해서 보수공사에 들어간 것은 바로 그 때문이었다.

객잔의 새로운 주인은 바로 무저갱을 떠난 지 한 달하고
도 사흘이 되는 설무백이었다.

"누군지는 모르겠지만, 재력가는 아닌가 봅니다. 어지간
한 건 그대로 두고, 여기저기 청소하고 간단하게 치장하는
데만 돈을 들이고 있습니다. 목수도 구하지 않고, 자기들끼
리요. 그렇다고 마구잡이는 아닌 것이 나름 운치를 강조해서
꾸미더군요. 아, 이름도 바꿀 모양입니다. 풍(風), 외자입니
다. 곽가객잔(霍家客棧)이 풍잔(風棧)으로 바뀌는 거죠."

"거기가 흑도 애들의 도떼기시장이라는 건 알고 그 짓을
하는 건가?"

"모르니까 그 짓을 하겠죠, 아마?"

"타지인이라는 소리군."

"그렇겠죠."

"태평하네? 타지인이 알고서도 거기서 그 짓을 할 수도
있다는 생각은 전혀 안 드는 모양이지?"

"……!"

시종일관 심드렁한 태도를 견지하며 보고하던 난주부의
대포두(大捕頭), 철환(鐵丸) 언자추(彦諮諏)는 추관(推官) 이서광

(李棲光)의 일침에 절로 안색이 변했다.

삐딱한 고개로 그를 쳐다보고 있던 이서광의 입가에 의미심장한 미소가 떠올랐다.

"이제 좀 생각이 바뀌나?"

"바뀌네요."

"그럼 아무래도 자네가 직접 가 봐야겠지?"

"다녀오겠습니다!"

대답과 동시에 돌아선 언자추는 허겁지겁 추관의 집무실을 빠져나가서 이제 풍잔으로 이름이 바뀐 곽가객잔을 향해 정신없이 내달렸다.

어제 술이 과했던 것일까?

만일 곽가객잔을 사들인 자가 난주의 모든 배경을 알고서도 곽가객잔을 구입한 것이라면 정말이지 큰일이 벌어질 수도 있다는 사실을 무심코 간과해 버렸다.

여차하며 삼백여 명의 목숨을 앗아감으로써 곽가혈사(霍家血史)라고 명명된 그날의 비극이 고스란히 재현될 수도 있는 것이다.

그런데 이미 늦어 버렸다.

사력을 다해서 내달린 그보다 한발 앞서서 풍잔으로 들어가는 일단의 사내들이 있었다.

동일한 흑의와 건장한 체격, 좌우 어깨가 위아래로 흔들리도록 건들거리는 걸음걸이와 일그러진 미간에 자리 잡은 험악함이 그들의 신분을 드러내고 있었다.

흑도 방파의 무리였다.

"백사방(白沙幇)의 총관(總管)인 철갑신(鐵鉀身) 장보(張補)랍니다."

"백사방?"

"여기 난주에서 암약하는 소금 밀매 조직입니다. 듣자하니 난주에서 방귀깨나 뀌는 놈들이라네요."

"그런 놈들이 왜 우리를 찾아와? 객잔에서 소금을 그리도 많이 쓰나?"

"그런 이유에서 온 건 아니겠죠, 아마?"

"소금 장수가 소금 팔러 오지 않으면 대체 무슨 이유로 찾아와?"

"소금 장수가 아니라 흑도입니다. 인사치레 아니겠습니까. 여긴 우리 터니까 알아서 기어야 한다, 뭐 이 정도일 겁니다."

"……."

천타의 보고를 들은 설무백이 미간을 찌푸리는 참에 누군가 급히 방문을 열고 들어오며 천타의 의견을 부정했다.

"아무래도 그게 아닌 모양입니다."

광풍삼랑 노사였다.

대나무처럼 바싹 마른 체구에 실처럼 가는 눈을 가진 그가 전에 없이 난감하다는 표정을 지으며 서둘러 보고했다.

"보수공사를 하고 있는 후문 쪽에도 두 무리가 더 나타났습니다. 홍당(紅黨)과 대도회(大刀會)의 무리라는데, 애들이 다들 이유를 모르게 험악한걸요."

"걔들은 또 누구야?"

"홍당은 길 건너 부촌의 상가 지역을 순찰해 주고 보호비를 챙기는 애들이고, 대도회는 인근 색주가(色酒街)의 이권을 가진 애들이랍니다. 아⋯⋯!"

노사가 잠시 깜빡했다는 듯 말미에 덧붙여 설명했다.

"참고로 홍당과 대도회, 백사방이 여기 난주의 이권을 나눠 가진 삼대 흑도 방파라고 하네요."

"그러니까, 여기 난주에서 방귀깨나 뀌는 놈들이 기다렸다는 듯이 우르르 몰려왔다는 거네?"

"그러게요. 이상하죠?"

"이상하군."

설무백은 이제야말로 무언가 상황이 묘하다는 기분이 들었다.

그는 창가의 탁자에 앉아서 한가하게 차를 마시고 있던 예충에게 시선을 주며 물었다.

"뭐 좀 아는 거 없습니까?"

예충이 눈까지 지그시 감고 차를 음미하며 대수롭지 않게 대꾸했다.

"강호 무림을 떠난 지 수십 년도 더 된 몸이다. 이름부터

가 생소한데. 아는 게 뭐가 있겠냐?"

"이름은 생소해도 어차피 흑도 애들입니다. 같은 물에서 노셨으니, 애들이 대체 왜들 이러는지는 아실 만큼 아시지 않을까요?"

"지금 나를 이따위 쓰레기들과 같은 급으로 보는 거냐?"

"그게 아니라……."

"아니긴 뭐가 아냐!"

예충이 노려보며 발끈했다.

"격이 달라 격이! 대호(大湖)에서 놀던 이 몸이 어떻게 이런 시궁창에서 뒹구는 쥐새끼들의 마음을 알겠냐?"

이내 시선을 돌린 그가 대수롭지 않게 덧붙였다.

"그리고 뭘 그리 심각하게 따져? 그냥 다시는 얼씬도 못하게 다리몽둥이를 부러트려서 내쫓아 버리면 되지. 그 정도 능력은 되잖아?"

설무백은 자못 눈살을 찌푸리며 은근한 어조로 반박했다.

"정말 몰라서 그래요? 조용히 자리를 잡는 겁니다. 애들을 그렇게 작살내서 돌려보내면 그다음에 일어날 소란은 어떻게 감당하려고요. 예 노인이 다 책임질 겁니까?"

"……!"

"분명히 도움이 된다는 생각으로 함께하는 겁니다. 그게 아니라면 함께할 이유가 없는 거죠. 그러니 도움이 된다는 것을 증명하세요."

"여차하면 지금이라도 무저갱으로 돌려보내겠다는 소리냐?"

"제가 못 할 것 같습니까?"

설무백은 냉정한 듯 무심한 눈빛으로 예충을 지그시 바라보았다.

사실을 말하자면 그도 대충은 짐작이 가는 상황이었다.

그러나 앞으로의 운신을 위해서 이런 사소한 일 하나라도 분명히 해 두는 것이 좋았다.

어디까지나 지휘자는 그여야만 하는 것이다.

분위기가 싸늘해졌다.

예충이 눈가를 씰룩였다.

내내 침묵한 채 그들을 주시하던 풍사가 돌발적인 상황에 대비하듯 자리를 털고 일어났다.

천타의 눈빛도 예사롭지 않게 변했다.

예충이 입은 웃고 두 눈은 부라리며 풍사를 노려보았다.

"너도냐?"

풍사가 속내도, 의미도 모르게 말없이 어깨를 으쓱했다.

천타가 대놓고 말했다.

"저는 확실합니다."

설무백의 명령이 떨어지면 얼마든지 칼을 뽑겠다는 의미였다.

비록 굳이 입을 열지는 않았으나, 천타의 곁에 서 있는 노사도 여지없이 그와 같은 기색이었다.

예충이 그들을 싸늘하게 노려보다가 이내 쓰게 입맛을 다셨다.

"할 것 같다, 빌어먹을!"

설무백은 무심하게 다그쳤다.

"모르면 짐작이라도 해 봐요."

비틀린 미소를 지은 예충이 말했다.

"조무래기니 뭐니 해도 일개 지역의 이권을 장악한 애들이 이렇듯 한꺼번에 몰려드는 경우는 흔치 않다. 대체로 이런 경우는 하나뿐이지. 자존심 싸움인 거다. 아마 여기를 다른 애들에게 빼앗기면 자신들의 체면을 구기게 된다고 생각하는 게 아닐까 싶다. 이거 아무래도……."

그는 창밖을 쳐다보며 말을 끝맺었다.

"우리가 자리를 잘못 잡은 것 같다. 어째 생긴 게 쥐새끼 같더라니, 자칭 일대에서 가장 잘나간다는 그 거간꾼 놈에게 사기를 당한 모양이다."

설무백의 머리가 빠르게 돌아갔다.

이런 일의 경우 상황이 드러나면 답도 나오게 되어 있었다.

명색이 그의 전생은 밑바닥에서부터 거대 흑도의 이인자였다.

"그 거간꾼, 이름이 뭐였지?"

천타가 대답했다.

"제갈(諸葛) 선생이라고 했습니다."

"일단 그놈부터 잡아야겠군."

"옙!"

천타가 설무백의 혼잣말에 즉시 대답하며 돌아섰다.

설무백은 실소하며 천타를 불렀다.

"어떻게 잡으려고?"

천타가 당연하다는 듯이 대답했다.

"당연히 난주를 이 잡듯이 뒤져 봐야죠."

설무백은 천타의 우직함이 마음에 들기는 했으나, 그대로 보낼 수는 없었다.

"그러지 말고 은밀하게 우리 객잔의 주변을 둘러봐. 우리 객잔의 상황이 한눈에 들어오는 장소 위주로."

범인은 범죄의 현장으로 돌아온다는 말이 있다.

전생 시절 그는 이 말을 철저히 신봉했고, 덕분에 다른 흑도에게 당한 수하들의 복수를 거의 완벽하게 해결해 준 경험이 있었다.

게다가 그는 처음부터 제갈 아무개라는 거간꾼이 보통 놈은 아니라고 생각했었다.

설무백은 젊은 애송이에 불과한 모습일지라도 예충이나 풍사 등, 기세가 엄엄한 고수들 앞에서 조금도 주눅 들지 않고 넉살을 부리는 자를 쉽게 볼 수는 없었다.

'그런 자니까!'

사기라면, 고의가 분명하다면 자신이 저지른 사건의 추이를 가까이서 지켜보고 싶을 터이다.

무식한 자는 명석한 척하다가 망하고, 명석한 자는 자신의 성과를 즐기다가 망한다는 옛말이 있으니 말이다.

"옙, 알겠습니다! 주변을 이 잡듯이 뒤져 보겠습니다!"

"은밀하게."

"옙, 은밀하게!"

천타가 우직하게 대답하며 밖으로 나갔다.

설무백은 그와 상관없이 잠시 생각에 잠겼다가 깨어나며 풍사를 향해 물었다.

"지금 남아 있는 우리 애들 중에 사투리 적고, 친화력 좋은 애가 있나?"

지금 풍잔에 남아 있는 광풍대의 대원은 고작 이십여 명이 다였다.

나머지는 전부 다 언제 어느 때 도착할지 모르는 황제의 칙사에 대비해서 난주로 들어서는 인근의 요지를 돌며 정찰 임무를 수행하고 있었다.

"있습니다. 구익조(口益鳥)라고, 서글서글한 인상에 말발도 좋아서 절간에서도 고기를 얻어먹을 수 있을 놈이죠."

"실력은?"

"자꾸 잊으시네. 광풍 사랑이잖습니까."

"아, 그렇지, 참."

설무백은 멋쩍게 입맛을 다셨다.

무슨 일이건 하나에서 열까지 절대 놓치지 않을 정도로 명석한 기억력을 가진 그가 유일한 단점이 그거였다.

도통 사람의 별호나 이름을 쉽게 기억하지 못했다.

"좋아, 지금 당장 가서 구익조에게 전해. 여기 난주에서 백사방과 홍당, 대도회의 위상이 어느 정도인지, 그리고 그 다음으로 영향력을 행사하는 조직은 어디고, 거기 수뇌가 누군지 알아보라고. 물론 공동파를 위시한 정파 나부랭이들의 하수인들은 빼고 말이야. 아, 가능하면 제갈 아무개라는 그 거간꾼의 내력도 좀 캐 보라고 하고."

"옙, 알겠습니다!"

노사가 허리를 접으며 대답하고 서둘러 밖으로 나갔다.

풍사가 고개를 갸웃거리며 물었다.

"거간꾼이야 그렇다 치고, 다른 조직 애들은 찾아서 뭐 하시게요?"

"쓸 만한 자가 있나 해서."

"예⋯⋯?"

"허수아비, 아니, 꼭두각시라고 해야 하나. 아무튼, 그냥 그런 식으로 우리를 대신할 자가 필요할지도 몰라서."

"그런 자가 왜 필요하죠?"

"여차하면 그자들을 내세워서 난주를 먹어 버리려고."

풍사가 이제야 이해하고는 그거 괜찮은 생각이라는 듯 손가락을 튀겼다.

"역시 통이 크셔."

그때 예충이 자못 음충맞게 웃으며 모두에게 현실을 일깨웠다.

"그건 그거고, 일단 겁도 없이 찾아온 애들부터 처리해야하지 않나? 어떻게 처리할 거냐?"

설무백은 자리를 털고 일어났다.

"어떤 결정을 내리든 우선 시간을 좀 벌어야 할 테니, 일단 돈 많은 부모에게 엄청난 재산을 물려받은 철부지 노릇부터 한번 해 보도록 하죠."

설무백은 우선 정문으로 향했다.

정문으로 찾아온 자들이 후문으로 찾아온 자들보다 더 강하지 않을지는 몰라도, 보다 더 막나가는 자들일 것이라고판단해서였다.

후문으로 찾아온 자들은 정문으로 찾아온 자들보다 조금더 주변의 눈치를 본다는 뜻이 아니겠는가.

그리고 과연 그랬다.

정문 앞에 버티고 서서 설무백 등을 맞이하는 백사방의

총관 철갑신 장보의 태도는 거만하기 짝이 없었다.

약관도 안 되어 보이는 설무백과 젊어 보이는 풍사야 그렇다 쳐도, 예충은 어디를 봐도 연배 차이가 매우 많이 나는 노인이 분명함에도 대놓고 하대였다.

"누구냐, 여기 새로운 주인이?"

예충은 그저 재미있다는 표정이었으나, 풍사 등의 기세는 대번에 싸늘하게 변했다.

설무백은 예민하게 그것을 느끼며 풍사 등에게 물러나 있으라는 눈치를 주며 나섰다.

"안녕하십니까, 대협. 제가 이번에 여기 객잔을 인수한 설아무개입니다."

싹싹하고 살가운 태도와 대협이라는 호칭이 효력을 발휘했는지 우락부락한 장보의 표정이 느슨하게 누그러졌다.

"자네가 여기 새로운 주인이라고……?"

"예, 보시다시피 그렇습니다. 그렇지 않아도 공사가 끝나면 한번 찾아뵙고 인사를 드리려 했는데, 송구하게도 이렇게 직접 오셨네요. 앞으로 잘 부탁드리겠습니다, 대협."

장보가 미심쩍은 눈초리로 그의 위아래를 훑어보았다.

"젊은 친구가 일찍 성공했군그래."

설무백은 어디까지나 호의적으로, 더불어 최대한 부잣집 철부지로 보이도록 천연덕스러운 태도를 취하며 대답했다.

"제가 벌써 그럴 리가 있나요. 다 집안 덕이죠. 아버님이 청해성 서녕(西寧)분이신데, 거기선 제법 알아주는 상단의 주인이시죠."

"아! 아버지가."

장보가 이제야 납득하고는 다시 의심의 눈초리를 던졌다.

"한데 이런 곳에 있는 객잔에는 왜 온 것인가?"

설무백은 별거 아니라는 듯 대수롭지 않게 대답했다.

"객잔 하나 구입하는 데 무슨 일이 필요하나요? 그저 필요하면 구하는 거 아니겠습니까. 하하하!"

장보의 표정이 다시금 변했다.

이거 생각보다 큰 호구 하나 물게 생겼다는 눈치였다.

설무백은 그런 장보의 속내를 정확히 읽으며 그가 만족할 만한 대답을 술술 늘어놓기 시작했다.

"사실 일전에 제가 여기 난주를 한번 지나친 적이 있었는데, 아주 살기가 좋은 곳이라는 생각이 들더군요. 해서, 겸사겸사 객잔을 차린 겁니다. 마침 좋은 매물도 나와 있고해서요. 근거지가 있어야 자주 놀러올 것이 아니겠습니까. 하하하!"

설무백의 부연이 끝나기 무섭게 장보가 맞장구를 쳤다.

"그랬었군. 하긴, 여기 난주가 촌구석인 서녕과 비교할 바는 아니지. 그런데 말이야. 자네가 아는지 모르겠지만……."

"압니다."

설무백은 은근히 본론을 꺼내려는 장보의 말을 기다렸다

는 듯이 끊으며 말했다.

"타지에서 살림을 차렸으니, 당연히 그 지역 명숙들에게 인사를 드려야죠. 제가 비록 어린 신출내기라도 그 정도는 압니다. 물론 여기 난주에서 백사방이 최고라는 것도 모르지 않고요. 그래서 미리 말씀드리지 않았습니까. 조만간 인사하러 가려 했다고요."

"그, 그랬지……."

"조금만 기다려 주십시오, 대협. 지금은 아직 보수공사도 다 끝나지 않아서 이렇게 대협을 안으로 모시지도 못할 정도로 정신이 없습니다. 조만간 공사가 끝나는 대로 찾아뵙고 인사드리겠습니다. 늦어도 사나흘일 테니, 너그럽게 이해해 주시고, 조금만 기다려 주십시오, 대협."

"그, 그럴까? 그럼. 그런데 말이야. 혹시 홍당이나 대도회 애들이 찾아오면……."

"압니다, 알아."

설무백은 그런 건 걱정하지도 말라는 듯 말을 자르며 너스레를 떨었다.

"제가 이래 봬도 일찍이 아버님을 따라다니며 배울 건 배워서 처세는 좀 압니다. 여기 난주에서 백사방이 최고라는 것을 이미 아는데, 그들은 만나서 뭐 합니까. 다른 염려 마십시오. 그자들이 오면 우리는 벌써 백사방을 모시는 중이라고 딱 잘라 말하고, 다시는 얼씬도 못 하게 하겠습니다."

"그렇지. 그따위 놈들과 우리 백사방을 비교한다는 것 자체가 말이 안 되는 일이지. 우리 설 소협이 비록 나이는 어려도 정말 세상을 아네그려."

우습지도 않게 설무백은 대번에 자네에서 우리 소협으로 격상되었다.

"근데……."

설무백은 마치 누가 들을까 봐 겁을 내는 것처럼 주변을 한번 둘러보고는 말했다.

"대신 아시죠? 그때부터는 백사방의 협객들께서 우리 객잔을 지켜 주셔야 합니다. 제가 돈만 있지, 다른 쪽으로는 영 젬병이라서요."

"여부가 있겠나. 그건 걱정하지 말게. 소협이 우리만 믿고 따라온다면 나머지는 다 우리가 알아서 처리할 테니까."

"감사합니다. 그럼 믿고, 보수공사가 끝나는 즉시 찾아뵙겠습니다."

"알겠네. 그럼 그때 다시 보세. 모르긴 해도, 우리 방주님께서 소협을 보면 거창하게 술 한 잔 내릴 테니, 기대하게나."

"저기……."

설무백은 새삼 조심스럽게, 그러면서도 은근한 어조로 물었다.

"술자리면 여자도 있겠죠? 여기 난주 애들 미색이 아주 죽이던데, 저는 아직 그쪽으로 길을 모르지만, 백사방이라면 충분히 손이 닿지 않을까 해서……."

장보가 크게 웃으며 말했다.

"하하하! 우리 설 소협이 그쪽으로도 일찍 눈을 떴구먼그래. 알았네. 걱정 말게. 그 정도는 내가 나서도 충분하니까."

설무백은 정말 반색한 얼굴로 보란 듯이 포권의 예를 취했다.

"감사합니다, 대협! 그럼 기대하겠습니다, 대협!"

"글쎄 염려 말라니까 그러네. 그럼 나중에 봄세. 하하하……!"

장보는 이제는 아주 집안어른이라도 되는 것처럼 설무백의 어깨까지 두드려 주며 돌아섰다.

설무백은 멀어지는 장보를 주시하며 거짓말처럼 본래의 무심하고 무뚝뚝한 모습으로 돌아가서 곁에 있는 예충에게 물었다.

"이 정도면 제대로 시간을 번 것 같죠?"

예충은 귀신에 홀려서 넋이 나간 표정으로 그를 바라보고 있다가 뒤늦게 대답했다.

"평소 그리 뚝한 놈이 잘도 웃고, 잘도 호들갑을 떠는구나. 네게 이런 면이 있었다니, 참으로 어처구니가 다 없다! 봐라, 이 소름!"

예충이 자신의 소매를 걷어 보이며 짐짓 보란 듯이 몸서리를 쳤다.

"이제 정말 네가 무섭다!"

"강호 무림에서 사는 게 다 그런 것 아니겠습니까."

설무백은 대수롭지 않게 대꾸하며 그를 외면했다.

예충이 보면 볼수록 놀랍다는 듯이 그를 바라보다가 이내 안색을 바꾸며 물었다.

"저놈은 그렇다 치고, 후문에서 진을 치고 있는 애들은 어떻게 처리할 생각이냐? 또 같은 방법으로?"

설무백은 태연하게 돌아서서 발길을 옮기며 대꾸했다.

"그건 너무 식상하죠. 그쪽 애들에게는 배경만 믿고 까부는 천둥벌거숭이가 되어 보렵니다."

"뭐, 뭐라고?"

"뭐긴 뭡니까? 귀가 먹었어요? 우리에게, 아니, 내게 용무가 있으면 먼저 백사방으로 가라고 했습니다. 나는 이미 백사방의 협객들을 모시기로 했으니까요."

"아니, 이 새끼가 무슨 약이라도 처먹었나, 야! 너 정말 죽으려고 환장을 했냐! 네가 정말 우리가 누군지 몰라서 이러는 모양인데……!"

"내가 모르긴 뭘 모른다는 겁니까? 예의도 없이 시건방지게 악을 쓰는 그쪽은 홍당에서 온 아무개고, 조용히 지켜보는 저쪽은 대도회에서 온 아무개잖아요."

"시, 시건방지게?"

악을 쓰던 그쪽, 큰 덩치와 어울리지 않게 작은 눈을 가진 사내, 설무백이 이미 알고 있으면서도 굳이 밝히지 않았으나, 홍당의 외당 당주인 철조(鐵爪) 반양(半養)의 얼굴이 대번에 썩은 대춧빛으로 물들었다.

당연한 반응이었다.

제아무리 일개 지방의 흑도라지만 그 정도 되는 위치에 오른 인물이라면 죄를 짓고 어둠에 묻혀 사는 주제임에도 남들이 자기를 알아보는 것보다 알아보지 못하는 것을 더 수치로 여기게 되는 법이었다.

악명도 명성으로 여기고 자부심을 느끼는 무리가 바로 그런 부류의 흑도인 것이다.

그런데 명색이 홍당의 실력자 중 하나라고 자부하는 반양을 시건방진 아무개라고 부르며 개처럼 내몰고 있으니, 어찌 분노하지 않을 수 있겠는가.

"이, 이 새끼가 정말……!"

그러나 욕뿐이었고, 당장 주먹을 날릴 것 같은 위협이 다였다.

반양은 얼굴이 붉다 못해 검어질 정도로 분노하면서도 정작 선뜻 나서지 않았다.

설무백이 저쪽 아무개라고 부른 사내, 대도회의 당주인 비도(飛刀) 냉이보(冷利普)의 눈치를 보고 있는 것이다.

그에 반해 냉이보는 그와 매우 다르게 반응했다.

설무백의 되바라진 천둥벌거숭이 연극을 시종일관 침착하게 지켜보고만 있었다.

짖지 않는 개가 더 무섭다고 한다.

아무래도 반양보다는 한 수 위의 인물이라고 봐야 할 것인데, 설무백은 그런 그도 안중에 없었다.

그래 봤자 그의 눈에 들어올 만한 인물은 전혀 아니었던 것이다.

"자, 자. 이제 내가 할 말은 다 했으니까, 그만 돌아들 가세요! 이러다 정말 백사방의 협객들에게 치도곤당하지 말고!"

어디까지나 모르는 척이었다.

설무백을 잡아먹을 듯이 노려보던 반양이 이내 지그시 어금니를 악물며 돌아섰다.

"두고 보자, 이놈! 조만간 땅을 치고 후회할 날이 있을 거다!"

냉이보는 그냥 돌아서지 않았다.

미묘한 미소가 걸린 얼굴, 삐딱한 고개로 설무백을 바라보며 불쑥 물었다.

"하나만 묻자. 너 정말 우리가 백사방보다 못하다고 생각해서 이러는 거냐?"

설무백은 심드렁하게 반문했다.

"아니라는 겁니까?"

냉이보가 새삼스럽게 그의 기색을 유심히 살피다가 이내 고개를 끄덕이며 돌아섰다.

"그래, 알았다. 모르면 알게 해 주면 되는 거지. 기대하거라."

설무백은 저만치 멀어지는 냉이보를 바라보며 피식 웃었다.

"아주 무게가 태산이네."

풍사가 넌지시 말을 받았다.

"그래도 제법 눈은 있는 녀석입니다. 처음부터 저를 예의 주시하고 있었습니다."

설무백은 대수롭지 않게 대꾸했다.

"그 정도는 되는 녀석인가 보지. 하지만 예 노인을 알아볼 정도는 안 되는 녀석이기도 하고."

풍사의 말에 미간을 찌푸리던 예충이 대번에 인상을 풀고 입가에 미소를 그렸다.

나이 들면 아이가 된다더니 풍사보다 자신을 더 높게 치는 설무백의 말이 흐뭇한 모양이었다.

대신에 풍사의 미간이 찌푸려졌다.

아무리 인연이 깊은 예충이라지만 자존심은 별개의 문제인 모양이었다.

예충이 그런 풍사의 눈치를 외면하며 멀어지는 냉이보를 주시하며 말했다.

"저놈은 다시 찾아오겠는데 그래?"

설무백도 같은 생각이었다.

"그렇겠죠. 침묵으로 음흉함을 감추는 것을 보니, 야밤에 담이라도 넘겠네요. 저런 인간 머리에서 나오는 생각이 그 정도면 훌륭하죠."

풍사도 같은 생각인지 고개를 끄덕이며 그의 말을 받았다.

"애들에게 따로 당부해 놓겠습니다."

예충이 자못 음충맞은 미소를 흘리며 설무백을 보았다.

"내가 같이 자 주랴?"

"관두세요, 그런 구시대적 농담에는 콧방귀도 안 나오니까."

설무백은 무뚝뚝하게 예충의 말을 자르고는 정문 밖, 거리의 한쪽으로 시선을 돌리며 다시 말했다.

"그보다 저치는 누굴까요? 아무리 봐도 흑도 나부랭이처럼 보이지는 않는데 말이죠."

거리를 오가는 행인들 속에 우두커니 서 있는 사내 하나가 있었다.

딱히 볼일도 없으면서 그렇게 서 있는 것도 이상하고, 은연중에 이쪽을 힐끔거리는 것도 수상해서 처음부터 설무백은 그 사내가 거슬렸다.

예충 역시 처음부터 알고 있었던 것 같았다.

그는 사내를 훑어보며 말했다.

"보통 저런 행색에 저런 행동을 하는 부류는 하나뿐이지."

"그게 어떤 부류죠?"

"포쾌."

"포쾌라면 책임 의식이 없는 포쾌네요. 분명히 사달이 날 상황인데 저렇게 그저 지켜보고만 있으니 말이에요. 이거 직무유기 아닙니까."

예충이 웃었다.

"네가 잘 몰라서 그러는데 포쾌들이 다 그래. 습관이랄까, 습성이랄까? 가급적 그냥 지켜보면서 우야무야 끝나기를 바라지."

옳은 지적이었다.

전생인 흑사신 시절의 그도 직접 경험해 본 바가 적지 않았다.

풍사가 눈빛이 변해서 물었다.

"끌고 올까요?"

예충이 손사래를 쳤다.

"아서라. 최대한 극비리에 자리 잡겠다는 네 주군 말 못 들었냐? 보통은 방관자지만 여차하면 다른 어떤 놈들보다 일을 크게 벌일 수 있는 것이 저놈들이다. 괜히 긁어 부스럼

만들지 말고 모르는 척하는 게 상책이야."

풍사가 그의 말은 들은 척도 하지 않고 설무백의 눈치를 보았다.

누가 뭐래도 예충은 조력자일 뿐, 지휘자가 아니라는 사실을 명확히 하고 있었다.

설무백은 무심히 돌아서며 예충의 지적과 상반되는 명령을 내렸다.

"끌고 오지는 말고, 정중히 모셔 와, 내 방으로."

"저자가 거부하면……?"

"그때는 끌고 와."

"그러죠."

풍사가 추호도 망설이지 않고 돌아서서 사내를 향해 다가갔다.

예충이 어리둥절한 얼굴로 설무백의 뒤를 따르며 물었다.

"아니, 왜……?"

"이미 구멍이 뚫렸다면 막히기를 기다리는 것보다는 막는게 낫지 않겠습니까."

설무백의 말을 들은 예충의 표정이 심각해졌다.

"관부를 너무 쉽게 보지 마라. 결국 나를 잡아서 무저갱으로 보낸 것도 관부의 포쾌니까."

설무백은 짐짓 고개를 갸웃거렸다.

"포쾌가 아니라 포두 아니었나요? 그것도 남경의 전설적인 총포두(總捕頭)인 교승(絞繩) 냉사무(冷師巫)와 그가 대동한 십여 명의 대포두들에게 잡혔다고 들었습니다만?"

예충이 우거지상을 하며 손을 내저었다.

"포쾌나 포두나, 하나나 열이나, 내겐 다 그게 그거다. 내 말인즉……!"

"걱정 마세요."

설무백은 대수롭지 않게 말을 자르고는 냉정하게 덧붙였다.

"저 사람은 냉사무가 아닌 데다가 저 역시 예 노인과 다르니까요."

상하논리上下論理

자존심만큼이나 사람의 감정을 건드리는 것도 드물다.

자존감이 강한 사람이라면 두말할 나위도 없다.

예충이 그랬다.

그는 같잖은 언행이 눈에 거슬려 불쾌하다는 듯 설무백을 노려보았다.

"너 매번 날 너무 무시하는 경향이 있는 거 아냐?"

설무백은 태연히 웃어넘겼다.

"무시는 무슨, 아닌 걸 아니라고 하는데 뭘 그리 예민하게 구십니까. 혹시 제게 무슨 자격지심 같은 거 있으세요?"

"자격지심? 내가 너에게……?"

예충이 어이없다는 표정으로 코웃음을 쳤다.

"가당치도 않다!"

"그러니까요."

설무백은 무심한 듯 냉정하게 그의 태도를 지적했다.

"아니다 싶으면 나중에 사실일 때 가서 욕해도 늦지 않으니까, 그냥 조용히 계시라는 겁니다."

"……!"

예충이 붉으락푸르락하는 얼굴일망정 조용히 입을 다물었다.

무슨 뜻인지 아는 것이다.

선을 넘지 말라는 소리였다.

설무백은 그런 그를 무심히 외면하며 내실로 들어갔다.

그는 쓰게 입맛을 다실 뿐, 묵묵히 그 뒤를 따를 수밖에 없었다.

내실로 들어가서 창가의 탁자에 자리를 잡고 앉은 설무백은 수하를 시켜서 차를 준비시켰다.

그의 지시를 받은 수하가 차를 준비해 놓고 나가기 무섭게 풍사가 포쾌로 보이는 의문의 사내를 데리고 들어왔다.

설무백은 안으로 들어서는 의문의 사내를 면밀히 살펴보며 풍사를 향해 물었다.

"모셔 왔어, 끌고 왔어?"

"모셔 왔습니다."

당사자의 면전이라 난감한 질문임에도 풍사의 태도는 한

결같이 무덤덤했다.

의문의 사내가 적잖게 의아한 눈초리로 설무백을 살펴보았다.

장내에서 가장 어리게 보이는 설무백이 우두머리라는 사실이 이채로운 듯했다.

설무백은 아무렇지도 않게 그의 시선을 마주하며 물었다.

"포쾌입니까, 아니면 포두입니까?"

의문의 사내가 무뚝뚝하게 대답했다.

"난주부의 포두, 언자추라고 하오. 그러는 공자는 누구요?"

의문의 사내, 난주부 포두 언자추는 비록 체격은 다부지나 누가 봐도 약관도 안 되어 보이는 설무백을 보고도 하대를 하지 않고 예의를 차렸다.

아마도 자신을 안내한 풍사와 지금 설무백의 곁에서 서성거리는 예충을 범상치 않은 인물로 보았기 때문일 것이다.

"역시."

설무백은 힐끗 예충을 보며 웃고는 새삼스러운 눈빛으로 언자추를 보며 자리를 권했다.

"우선 좀 앉으시죠?"

언자추가 순순히 그가 권하는 맞은편 자리에 앉았다.

설무백은 그제야 자신을 소개했다.

"본인은 설무백이라고 합니다. 여기 객잔의 새로운 주인입니다."

언자추가 무언가 말을 하려는 듯 입을 열었다.

하지만 설무백은 기회를 주지 않았다.

"각설하고 본론만 말하겠습니다. 아무 일도 벌어지지 않습니다. 적어도 표면적으로는 그럴 겁니다. 그러니 오늘 일도, 그리고 앞으로의 일도 그저 오늘처럼 못 본 척 외면해 주길 바랍니다. 대신⋯⋯."

"대신!"

언자추가 붉게 달아오른 얼굴로 말을 끊고 비릿하게 웃으며 거칠게 변한 말투로 물었다.

"금덩이라도 듬뿍 안겨 주겠다는 건가?"

설무백은 대답에 앞서 밋밋한 미소를 드러내며 고개를 저었다.

"아니요. 차 한 잔 대접해 드리죠. 그리고 이 자리를 벗어나시면 되는 겁니다. 아무 일도 없이 무사하게 말입니다."

바보가 아니라면 누구라도 다 알아들을 수 있는 경고였다.

오늘 본 것도, 앞으로 볼 것도 절대 무시해라.

그러면 죽이지 않고 살려 주겠다.

이것이 설무백의 말인 것이다.

"살려는 주겠다?"

언자추의 얼굴이 붉게 물들어 갔다.

국법을 봉행하는 관헌다운 자제력으로 치솟는 분노를 억누르고 있으나, 당장에라도 터져 버릴 것 같은 기색이었다.

그 상태로, 그는 어이없다는 듯 코웃음을 쳤다.

"감히 포두를 상대로 그따위 협박을 다하다니, 대담하네?"

설무백은 특유의 무정한 얼굴에 걸린 희미한 미소를 짙게 드리우며 대답했다.

"협박이 아니라 언 포두의 미래를 알려 드리는 겁니다. 설마 알면서도 피하지 못하는 바보는 아니시겠죠?"

언자추의 눈빛이 가일층 싸늘하게 변했다.

입가에는 비틀린 미소가 떠오르고 있었다.

살기가 비등했다.

설무백은 입으로만 웃는 낯으로 날카로운 눈빛을 드러내며 슬며시 손사래를 쳤다.

"그러지 마세요. 저는 쉽게 두 번의 기회를 주는 사람이 아닙니다."

언자추가 움찔하며 마른침을 삼켰다.

설무백의 급변한 기세를, 그리고 그와 더불어 비등하는 풍사와 예충의 살기를 느낀 것이다.

그는 이러지도 저러지도 못하겠다는 듯 곤혹스러운 표정으로 지그시 입을 깨물었다.

그냥 물러서자니 자존심이 상하고, 그렇다고 선뜻 나서자니 두려운 것이었다.

　설무백은 예리하게 그의 마음을 읽으며 부드러운 어조로 다시 말했다.

　"그냥 저와 차 한잔하시고 돌아가면 되는 일입니다. 아무 일도 없었고, 아무 일도 일어나지 않을 테니, 안심하셔도 좋습니다."

　"적어도 표면적으로는 말이지?"

　"물론이지요."

　언자추가 이내 마음을 다잡은 듯 사뭇 냉담해진 표정으로 설무백을 노려보며 말했다.

　"흑도의 무리가 서로 죽고 죽이는 싸움을 벌이는 것이 어제오늘 일도 아니니, 못 본 척 무시해 버리는 거야 일도 아니긴 하지. 아니, 환영할 일이야. 쓰레기가 쓰레기를 치우는 거라도 쓰레기가 줄어든다는 것에는 변함이 없으니까. 좋아, 그리하지."

　그는 자리를 털고 일어났다.

　"대신 차는 사양하지. 만에 하나라도 사건의 일단이 표면으로 드러난다면 다시 만났을 때 매우 무안해질 테니까 말이야."

　지금은 너의 뜻대로 물러나겠으나, 여차해서 사건의 일단이라도 표면에 드러나게 된다면 어김없이 나서겠다는 경고였다.

"그것까지야 막을 수 있나요."

설무백은 미소로 화답하며 자리를 털고 일어나서 더없이 정중하게 두 손을 모았다.

"모쪼록 다시 뵙지 않기를 바랍니다."

언자추가 코웃음을 날리며 돌아서서 밖으로 나서다가 문고리를 잡고 서서 돌아보며 대뜸 울컥한 표정으로 물었다.

"하나만 묻자. 너 대체 무슨 짓을 꾸미려고 이러는 거냐?"

설무백은 어디까지나 속내가 드러나지 않는 무심한 얼굴로 대답했다.

"미안하지만, 본인에 관해서는 그 어떤 것도 궁금해하지 마세요. 다칩니다."

"흥!"

언자추가 거듭 코웃음을 날리며 돌아서서 거칠게 문을 닫으며 사라졌다.

예충이 말했다.

"저놈도 보통은 아니네."

설무백은 물었다.

"어째서요?"

예충이 슬쩍 그를 보며 웃었다.

"그건 너도 그렇게 봤다는 뜻이지?"

사실이었다.

"그저 그런 포두로 보이지는 않습니다."

"나도 딱 그렇게 봤다."

예충이 부연했다.

"어딘가 모르게 예사롭지 않아. 그처럼 뛰어난 실력을 가진 것인지, 아니면 그저 사람이 강한 것인지는 몰라도 쉽게 볼 종자는 아닌 것 같다."

설무백은 묵묵히 고개를 끄덕였다.

그도 그렇게 보긴 했으나, 세상에 쉬운 사람이 어디에 있을 것인가.

그때 문밖에서 인기척이 들려왔다.

"천타입니다."

"들어와."

설무백이 허락하자, 문이 열리며 천타가 기세등등한 모습으로 들어왔다.

사내 하나가 그의 손에 뒷덜미가 잡혀서 바동거리고 있었다.

예충이 혀를 찼다.

"거참 적당히 좀 패지."

그의 말마따나 얼마나 두들겨 팼는지는 몰라도 천타의 손에 질질 끌려 들어온 사내는 몰골이 말이 아니었다.

얼마나 두들겨 팼는지 풀빵처럼 부은 얼굴에 피멍이 가득하고, 퉁퉁 붇어 터진 입술에서는 침과 핏물이 섞여서 질질 흘러나오고 있었다.

설무백은 아무리 그래도 첫눈에 사내를 알아볼 수 있었다.

여기 곽가 객잔을 중계한 거간꾼인 제갈 선생이었다.

천타가 그 제갈 선생을 바닥에 패대기치며 보고했다.

"주군의 말씀대로였습니다. 우리 객잔이 한눈에 보이는 저편 길 건너 객잔의 이 층에서 한가하게 차를 마시고 있더군요."

예충이 다시 끼어들었다.

"정말 떡이 됐네. 저래서야 어디 말이나 제대로 하겠나."

천타가 슬쩍 예충을 일별하고는 설무백을 향해 고개를 숙였다.

풍사가 그랬듯 그 역시도 상하 관계를 명백히 구분하는 태도를 취하는 것이었다.

"죄송합니다. 애가 하도 자기는 잘못이 없다며 바득바득 우기기는 바람에 열이 받아서 그만 손을 과하게 썼습니다. 하지만 말은 합니다. 여기로 오는 내내 입이 쉬지 않았는걸요. 여전히 자기는 아무 잘못 없다며…….."

천타는 여전히 치미는 부아를 참을 수 없는지 당장이라도 제갈 선생의 얼굴을 한 대 더 갈길 기세였다.

설무백은 슬쩍 손을 들어서 천타를 제지하고는 제갈 선생을 향해 물었다.

"정말 그렇게 생각하나? 자신은 아무 잘못이 없다고?"

천타의 말대로였다.

물에 담가 놓은 풀빵처럼 팅팅 불어 터진 얼굴과 입술을 하고서도 제갈 선생은 그의 질문이 떨어지기 무섭게 일그러진 두 눈을 치켜뜨며 고래고래 소리를 질렀다.

　"당연하지! 너도 싸다며 좋아했잖아! 이런 입지에 그런 가격이면 당연히 싼 게 맞기도 하고! 어린놈의 새끼가 왜 이제 와서 트집을 잡고 지랄이야, 지랄은! 내가 그리도 만만해 보이냐! 이 배은망덕한 호로 자식아!"

　예충이 크게 떠진 두 눈을 붕어 입처럼 끔뻑이며 헛웃음을 흘렸다.

　"이놈도 보통 놈은 넘네그려. 대체 나 없는 동안 세상에 무슨 일이 있었기에 이리도 무서워진 거야."

　설무백은 눈살을 찌푸리는 것으로 예충의 탄식 아닌 탄식을 외면하며 제갈 선생의 일그러진 눈빛을 직시했다.

　"이름?"

　제갈 선생이 그의 기세에 눌려서 움찔했으나, 이내 기세등등하게 악을 썼다.

　"제갈이다, 제갈! 제갈 선생이라고 네놈의 입으로 부르며 찾아왔었잖아! 새 대가리냐! 벌써 그걸 잊게!"

　설무백은 무심히 다시 말했다.

　"그거 말고 진짜 이름."

　제갈 선생이 코웃음을 쳤다.

　"지랄하고 자빠졌다! 너 따위 개자식이 진짜 내 이름은 알아서…… 컥!"

　말을 하던 제갈 선생이 배를 움켜잡고 옆으로 쓰러지며 게거품을 물고 뽀글거렸다.

　천타가 참다못하고 느닷없이 그의 명치를 걷어찬 결과였다.

　설무백은 슬쩍 손을 들어서 천타를 말렸다.

　"그만둬. 나를 속여 먹은 놈이니 죽여도 내가 죽인다."

　"죄송합니다."

　천타가 고개를 숙이며 조용히 뒤로 물러났다.

　설무백은 죽을 것처럼 새파래진 얼굴로 숨을 몰아쉬는 재갈 선생에게 다시 시선을 고정했다.

　"쓸 만한 종자인가 알아보려고 그래. 이 말인즉, 쓸 만한 종자면 살려 주고, 그렇지 않으면 그냥 없애 버리겠다는 뜻이지. 그러니 제대로 대답해. 이제 두 번 안 묻는다."

　무덤덤하게 자신의 솔직한 속내를 밝힌 설무백은 상체를 앞으로 숙여서 제갈 선생을 가까이서 보았다.

　지극히 느긋해서 오히려 더 두렵게 느껴지는 태도였다.

　와중에 실눈으로 그의 모습을 바라본 제갈 선생이 슬그머니 일어나며 자진해서 무릎을 꿇었다.

　설무백은 가만히 지켜보다가 나직한 어조로 다시 물었다.

　"이름?"

　알게 모르게 마른침을 삼키며 눈동자를 빠르게 굴린 제

갈 선생이 더없이 공손해진 목소리로 깍듯이 대답했다.

"제갈명(諸葛明)입니다. 별호는 비취호리(翡翠狐狸)고요."

변화무쌍하게 태도를 바꾼 그가 무언가를 다시 묻기도 전에 보란 듯이 손바닥을 비비며 헤헤거렸다.

"비취호리 제갈명이라 하면 여기 일대는 물론, 성 경계를 넘어 섬서와 사천에 이르기까지 모르는 사람이 없을 겁니다. 그만큼 쓸 만한 놈이라는 소리지요. 헤헤헤!"

그날 비취호리 제갈명과의 대면은 예충이 '에라, 이 썩을 놈아!'라는 일갈과 함께 제갈명의 뒤통수를 한 대 갈기는 것으로 끝났다.

예충이 어이가 없고 기가 막힌 나머지 자신도 모르게 휘두른 손에 내력을 담은 까닭이었다.

제갈명은 그날 혼절했다가 다음 날 아침이 되어서야 겨우 깨어났다.

설무백은 기반으로 삼으려고 곽가 객잔을 구입한 자신의 선택이 잘못되었다는 것을 그제야 알게 되었다.

끝까지 사기가 아니라고 우기는 영악한 사기범 비취호리 제갈명이 그것을 설명해 주었다.

곽가 객잔은 난주의 밤을 지배하는 삼대 흑도 방파인 백사방과 홍당, 대도회의 아픈 새끼손가락과 다름없었다.

지리적으로 그들, 삼대 흑도 방파가 머리를 맞대고 있는 지역이며, 그로 인해 그들이 서로에게 질 수 없다는 자존심이 발동해서 절대 포기할 수 없는 지점에 자리 잡은 것이 바로 그가 구입한 곽가 객잔이었던 것이다.

"잘 모르시겠지만, 과거 여기 곽가 객잔을 배경으로 벌어진 그들의 싸움으로 인해 무려 삼백여 명의 흑도가 죽었죠. 그것도 공식적인 내용이 그렇고, 실제는 그보다 더 죽어 나갔다는 것이 아는 사람은 다 아는 얘기입니다. 다들 지기 싫어서 사망자를 축소한 건데, 사 년 전에 벌어진 그 사건이 이른바 곽가 혈사입니다."

"듣고 보니 다시 열 받네! 명색이 거간꾼으로 나선 놈이 그런 엄청난 비화를 숨기고 이 객잔을 우리에게 팔아넘겼냐! 이 썩어 문드러질 놈아!"

예충이 새삼 눈을 부라리며 잡아먹을 듯이 노려보았으나, 제갈명은 어디까지나 천연덕스러웠다.

"연세깨나 드신 분이 순진한 말씀을 하시네. 모르는 게 죄지, 아는 걸 활용한 게 죕니까? 저는 그저 최선을 다해서 거간꾼 노릇을 했을 뿐이에요."

"그게 최선을 다한 거냐! 사기를 친 거지!"

"아니라니까 그러네. 설령 그렇다고 해도, 사기는 무슨 방법이 아니랍니까?"

"아니, 이놈이 아주 찢어진 주둥이라고 지껄이기는……!"

퍽퍽퍽!

예충이 분노해서 제갈명의 머리를 북처럼 두드렸다.

그나마 어제처럼 혼절해 버릴까 봐 걱정됐는지 이번에는 주먹이 아니라 손바닥이라 다행이었다.

"아, 그만 때려요! 사실이 그렇잖아요!"

제갈명이 그의 손길을 애써 뿌리치며 당당하게 주장했다.

"이전 주인은 저를 은인이라 부르면서 백 번도 더 고개를 숙이며 떠났습니다. 인생이 다 그런 거 아닙니까. 누구에게 은인 소리를 들으면 다른 누구에게는 원수가 될 수도 있는 겁니다. 아니, 그 나이 먹도록 아직도 세상을 그리도 모르십니까?"

예충이 어처구니가 없다는 듯 입을 딱 벌렸다.

제갈명의 뻔뻔스러움에 완전히 기가 질려 버린 표정이었다.

"그래, 세상이 그렇지."

설무백은 슬쩍 손을 들어서 이내 다시금 제갈명의 머리를 쥐어박으려는 예충의 행동을 말리며 의미심장한 미소를 흘렸다.

"그런데 이를 어쩌나? 보다시피 지금의 너는 은인이 아니라 원수와 마주하고 있으니 말이야."

제갈명이 한숨을 내쉬었다.

"그러게 말입니다. 한마디로 복장 터지도록 재수가 없는 거죠."

설무백은 가만히 고개를 끄덕이며 말했다.

"그래, 재수가 없는 거지. 그런데 내 생각에는 네가 지금의 상황을 타개할 수 있는 능력이 없다면 더욱 재수가 없어질 것 같아, 틀림없이!"

보란 듯이 탄식하던 제갈명의 눈빛이 불안하게 흔들렸다.

애매하게 느껴지는 입가의 미소가 여전한 것을 보면 아직도 여전히 잔머리를 굴리는 태도가 역력했다.

설무백은 타이르듯 조용히 다그쳤다.

"개똥밭에 굴러도 이승이 낫다는데, 너도 죽기는 싫지?"

제갈명이 흔들리던 눈빛을 바로잡으며 넙죽 고개를 숙였다.

"최대한 빠른 시일 내에 다시 팔아 드리겠습니다!"

설무백은 무정하게 고개를 저었다.

"어쩌지? 내가 원하는 건 그게 아닌데?"

"하면, 무엇을 원하시는 것인지……?"

설무백은 대답 대신 슬쩍 고개를 돌려서 문가에 시립해 있는 서글서글한 눈매의 사내, 구익조에게 시선을 주었다.

구익조가 기다렸다는 듯이 입을 열었다.

"명호 비취호리 제갈명. 나이 서른둘에서 마흔 사이. 여기 난주에는 이 년 전쯤 들어왔습니다. 출신 내력은 드러나지 않는데, 중원 각지를 돌며 사기 행각을 벌이고 다녔습니다. 별호에서 알 수 있듯 멀쩡하게 생겼지만 여우 같은 자로, 무공은 삼류를 겨우 벗어난 수준이나, 머리가 비상해서 제법 내로라하는 방파의 주인들 여럿을 농락한 것으로 알려져 있습니다."

설명을 듣는 제갈명의 눈동자가 빠르게 굴렀다.

구익조가 그런 그를 예의 주시하며 추가로 보고했다.

"특이 사항으로는 하북의 명문인 팽가(彭家)의 철천지원수로 지목되어 쫓기고 있는 것으로 파악되었습니다. 소문에 의하면 그 집안 딸을 건드렸다나, 추행했다나 그러네요. 이상입니다. 시일이 짧아 미처 다 파악하지 못한 부분이 많을 것 같습니다. 조만간 추가로 행적을 조사해서 다시 보고드리겠습니다."

"아니, 됐어. 그 정도면 충분해."

설무백은 만족한 표정으로 고개를 끄덕이며 미묘하게 변한 시선을 제갈명에게 고정했다.

"축하해. 이름과 별호를 제대로 불었으니, 일단 한목숨 건졌다."

이름과 별호를 거짓으로 불었다면 더 이상 대화할 가치가 없으니 죽였을 거라는 소리였다.

제갈명이 이제야말로 긴장한 표정으로 마른침을 꿀꺽 삼켰다.

까닥했으면 자신이 죽었을지도 모른다는 두려움에서 오는 긴장으로는 보이지 않았다.

묘하게도 제갈명은 하북 팽가의 이름이 거론되자 얼굴 가득 덕지덕지 붙어 있던 넉살이 완전히 사라지며 전에 없이 굳어져 버렸다.

예리하게 그것을 파악한 설무백은 습관처럼 가만히 고개를 끄덕이며 중얼거렸다.

"하북 팽가라면 나도 잘 알지. 아니, 인연이 깊다고 해야겠네. 외조부의 친우께서 거기 어른이라고 들었거든. 그래서 궁금하긴 하군. 폭행이야, 추행이야?"

제갈명이 재빨리 의자에서 내려와서 바닥에 넙죽 엎드리며 머리를 박았다.

"원하는 걸 말해 보십시오, 공자! 아니, 대협. 그게 무엇이든 대협께서 바라는 일이라면 이 비취호리 제갈명이 명예를 걸고……."

"걸 명예는 전혀 안 보이는데?"

"……목숨을 걸고 최선을 다해서 돕겠습니다!"

하북 팽가에 대해서는 묻지도 따지지도 말아 달라는 태도였다.

그게 어느 쪽이든 치명적인 자신의 약점을 스스로 인정한 셈이었다.

설무백은 그것으로 충분하다고 생각했다.

개인사까지 파고들면서까지 제갈명을 부리고 싶은 생각은 추호도 없었고, 그렇게 가까워지고 싶은 마음도 전혀 들지 않았다.

나름 호기심을 당기는 자이기는 했으나 적어도 아직은 그게 다였다.

그는 손가락 하나를 들어서 좌우로 흔들며 준엄하게 말했다.

"돕는 게 아니야, 책임을 지는 거지."

제갈명이 기꺼운 표정으로 대답했다.

"예, 기필코 책임을 지겠습니다!"

"좋아."

그 말에 설무백은 가만히 고개를 끄덕이는 것으로 답을 대신하고 물었다.

"우선 여기 난주에서 백사방과 홍당, 대도회 이외에 쓸 만한 무리가 어딘지 말해 봐. 물론 공동파를 비롯한 정파 나부랭이들의 하수인들은 빼고."

"그런 건 왜……?"

"질문을 질문으로 받는 것은 매우 좋지 않은 버릇이다. 너는 내 식구가 아니고, 나는 아직 너를 신임하지 않는다는 사실을 잊지 말고 명심해라."

제갈명이 거듭 머리를 조아리며 대답했다.

"죄송합니다."

설무백은 나직이 답변을 재촉했다.

"그래서?"

제갈명이 재빨리 대답했다.

"조금이라도 난주를 벗어나면 모를까 여기 난주에 한한다면 삼대 흑도 다음이라고 불릴 만한 무리는 연화소등가(連花消燈街)의 미친개 도(陶)가 하나뿐입니다."

설무백은 절로 고개를 갸웃거렸다.

"무리가 아니라 개인?"

제갈명이 설명했다.

"개인이며 무리이기도 합니다. 그자를 따르는 자들이 있습니다. 비록 달리 이름도 없고, 소수의 인원이기도 하지만, 그자는 물론 그자를 따르는 무리 역시 하나같이 독종들이라 백사방과 홍당, 대도회조차 그자들과의 시비는 꺼린다는 것이 여기 난주에 사는 사람이라면 모르는 사람이 없이 다 아는 사실입니다."

"미친개 도가라……?"

설무백은 새삼스럽게 고개를 갸웃거렸다.

이상한 일이나 왠지 모르게 낯설지 않다는 느낌이 들었다.

생소한 이름이 분명한데 전혀 거부감이 들지 않았다.

그는 슬쩍 시선을 돌려서 구익조를 바라보았다.

확인이었다.

구익조가 즉시 확인해 주었다.

"사람에 따라서 다릅니다만, 광견(狂犬), 독견(毒犬)이라고도 불리는 자입니다."

대략 십 년 전쯤에 여기 난주로 흘러 들어와서 난주 제일의 빈민가이자 최하급 홍등가(紅燈街)인 연화소등가에 자리를 잡았다고 했다.

들리는 소문에 의하면 거기 창녀들 중 하나의 사생아가 아닌가 하는데, 아직 명확히 확인된 바는 없고, 드러난 내력은 전무하나, 상당한 무공의 소유자라 했다.

그리고 그자를 따르는 무리도 무공과 상관없이 독종 중의 독종들이라 삼대 흑도들조차도 가급적 시비를 꺼린다는 설명이었다.

"혹자들은 미친개 도가가 마음먹고 나서면 난주의 삼대 흑도 중 하나쯤은 얼마든지 이름을 바꿀 것이라는 소리도 있습니다. 삼대 흑도가 워낙 다수인 데다가 미친개 도가가 어지간한 일에는 나서지 않고 있어서 어찌어찌 서로를 침범하지 않는 선에서 조용히 공존하는 것이다, 뭐 그런 얘기입니다."

구익조의 설명이 끝나자, 아니, 구익조가 설명하는 내내 제갈명의 얼굴은 딱딱하게 굳어져 있었다.

설무백의 이번 질문 역시 그에 대한 시험이었음을 깨달은 것이었다.

그렇지 않고서는 이미 밝혀낸 사실을 굳이 그에게 다시 물어볼 이유가 없지 않은가.

설무백이 두려울 정도로 치밀한 사람이라는 사실이 그의 뇌리에 각인되는 순간이었다.

제갈명은 새삼스러운 시선으로 설무백을 바라보았다.

이런 인물이 있다는 사실을 그는 왜 모르고 있었을까?

아니, 약관도 안 되어 보이는 나이이니, 그가 모르는 게 당연한 일일 수 있다.

그렇다면 이런 인물이 대체 어디서 이렇게 도깨비처럼 불쑥 세상에 나타난 것일까?

그때.

"좋아, 그자로 하지."

설무백이 자리를 털고 일어났다.

"어디 한번 만나 보면 알겠지. 가 보자, 미친개 도가에게."

제갈명이 무심결에 따라 일어나서는 어리둥절한 표정으로 설무백을 바라보았다.

설무백은 늘 그렇듯 무심하게 명령했다.

"네가 앞장서."

난주의 북쪽 성곽을 끼고 자리한 연화소등가는 빈민가요,

최하급 홍등가라는 평가 그대로의 모습이었다.

당장에 무너져도 이상해 보이지 않을 정도로 낡고 비틀어진 판자 집과 듬성듬성 구멍이 뚫린 담벼락, 손가락이 들어갈 정도로 넓게 금이 간 흙벽이 위태롭게 이어져서 구불구불 만들어진 골목에는 햇살조차 제대로 들지 않아서 언제 내려서 고였는지 모를 빗물이 웅덩이를 이루며 썩어 가고 있었다.

문마다 촘촘하게 내걸린 빛바랜 홍등 아래서는 거의 벌거벗다시피 한 아이들이 뛰어놀고, 짙은 분칠로 간밤의 피로를 감춘 늙은 창기들이 해바라기를 하고 있다가 힘겹게 웃는 낯으로 손을 흔들며 호객하는 모습이 처절하게까지 느껴졌다.

그런 곳이 미친개 도가가 난주의 흑도 방파들에게서 지켜 주고 있다는 연화소등가의 모습이었다.

'이래서야……!'

이건 지킨 게 아니라 빼앗을 이유가 없었던 것이 아닐까?

설무백의 뇌리를 스치는 생각이었다.

그러나 날이 저물어 저녁이 되면 이 처참한 거리에도 사람들이 모여들고, 저마다 색다른 육욕에 가득한 자들이 뿌리고 가는 돈이 여느 저잣거리 못지않다고 했다.

미친개 도가가 이 거리의 수호신과도 같은 존재로 떠받들린다는 것은 그래서 거짓이 아닐 것이다.

개똥밭에 굴러도 저승보다는 이승이 낫다고 하질 않는가.

막장 인생이라도, 아니, 막장 인생이기에 죽지 않고 살아갈 수 있는 터전을 보호해 주는 사람을 어찌 떠받들지 않을 수 있을 것인가.

"세상에 사연 없는 사람이 어디 있을까만, 이놈 사연도 보통은 넘는 사연이겠다. 소문이 사실이라면 그 정도 실력을 가진 녀석이 왜 이런 시궁창에서 뒹구는 건지 참으로 짐작도 하지 못하겠다."

설무백을 마음을 대변하는 것 같은 예충의 넋두리였다.

설무백은 문득 쓰게 웃었다.

예충의 말이 남 얘기처럼 들리지 않았다.

과연 한 번 죽었다가 다시 태어나서 지금 이 거리를 걷고 있는 그의 사연을 안다면 예충은 과연 어떤 표정을 지을까?

'믿지도 않을 테지만……'

그때 앞으로 나서서 길을 안내하던 제갈명의 투덜거림이 그를 일깨웠다.

"그런 한가한 소리 마시고, 긴장하세요. 여기서 그런 소리를 하다간 쥐도 새도 모르게 죽는 수가 있습니다."

반쯤 무너진 흙담으로 굽이굽이 이어지던 골목이 끝나는 지점이었다.

막다른 골목으로 보였는데, 끝에 옆으로 빠지는 샛길이 나오고, 그 길로 나서자 작은 공터와 시냇물처럼 흐르는 시궁

창을 벗하고 있는 아담한 모옥(茅屋) 하나가 눈에 들어왔다.

"소문이 잘못된 거 아니냐? 이 자식, 이거. 없는 중에도 호사를 누리는 놈이잖아. 혹시 그냥 창녀들 피 빨아먹고 사는 거머리 아냐?"

같잖다는 표정으로 모옥을 둘러본 예충이 문지기처럼 모옥의 문 앞을 서성이고 있는 대여섯 명의 흑의 사내들은 안중에 없다는 듯 인상을 쓰며 투덜거렸다.

그런 말이 나올 법도 한 것이 모옥은 앞서 지나친 골목의 집들과 달리 깔끔했고, 나무의 잔가지를 엮어 만든 담장 안에는 작으나마 정원까지 꾸며져 있어 단아한 모습이었다.

제갈명이 화들짝 놀라며 재빨리 말했다.

"그런 소리 마시라니까요! 여긴 인근 창녀…… 아니, 여자들이 자발적으로 나서서 마련해 준 집입니다."

"정말이야?"

"정말이고 아니고 간에 분위기 파악 좀 하시죠? 말씀드렸잖습니까! 쟤들 정말 독종들이라고요!"

예충이 대뜸 손을 뻗어서 제갈명의 얼굴 전체를 한 손으로 움켜잡으며 누런 이를 드러냈다.

"넌 정말 눈치가 없구나. 내게 너처럼 건방지게 군 놈들 중에 온전히 살아남은 놈이 하나도 없다는 것을 아느냐?"

제갈명이 그대로 얼어붙어 버렸다.

이제 더는 감추지 않고 내력이 담긴 두 눈빛으로 드러낸 예충의 살기에 완전히 압도당해 버린 것이다.

"여기 있는 우리 고상한 우두머리 덕분에 한목숨 건진 줄이나 알아라, 이 썩을 놈아!"

예충이 진저리를 치는 제갈명을 거칠게 밀어서 엉덩방아를 찧게 만들고는 설무백을 돌아보며 물었다.

"어떻게 할래? 내가 나서?"

모옥의 문가에서 서성거리고 있던 흑의 사내들을 두고 하는 말이었다.

그들이 벌써부터 매서운 눈초리로 쏘아보며 다가오고 있었다.

"제가 처리하죠."

설무백은 앞으로 나섰다.

마침 지근거리로 다가온 흑의 사내들 중 얼굴이 흉터로 가득한 사내 하나가 사나운 눈초리로 그들을 훑어보며 물었다.

"무슨 일로 찾아오신 분들인지……?"

설무백 등의 기세가 예사롭지 않음을 느낀 것인지, 아니면 원래 예의가 바른 것인지는 몰라도, 질문을 던지는 흑의 사내는 거친 눈초리와 상관없이 지극히 정중했다.

예상과 다르긴 하지만, 상대가 정중하게 나오니 이쪽도 정중하게 나가는 것이 도리일 것이다.

설무백은 그렇게 했다.

"미친개 도가를 만나러 왔습니다. 안에 기별 좀 넣어 주시겠습니까?"

흉터로 가득한 흑의 사내의 얼굴이 흉악하게 일그러졌다.

설무백은 일그러지는 그 얼굴을 보고서야 자신의 실수를 깨달았다.

미친개 도가라고 알렸다고 미친개 도가라고 불러 버린 것이다.

미친개도 면전에서 미친개라고 부르면 이빨을 드러내며 화를 낼 것이다.

하물며 자기들이 모시는 사람을 미친개라고 부르는 자를 어찌 곱게 볼 것인가.

"아, 미안합니다. 남들이 그렇게 부른다고 해서 그렇게 호칭했는데, 실수라면 너그럽게 용서해 주십시오. 제가 타지인이라 이 지역 분위기를 잘 몰라서 그렇습니다."

다행히 흑의 사내가 참고 넘어가 주었다.

뭐 이런 애송이가 다 있나 하는 눈치이긴 했으나, 애써 화를 누르고 인내하는 표정이었다.

다만 곧바로 나온 흑의 사내의 대답은 그의 성에 차지 않았다.

"죄송하오만, 지금 대형께서는 출타 중이시오. 나중에 귀가하시면 알려 드릴 테니. 성함이나 남기고 가시오."

거짓말이었다.

설무백은 벌써부터 싸리문 너머 모옥의 내부에서 전해지는 누군가의 은근한 기세를 느끼고 있었다.

지금의 그는 능히 그 정도는 감지할 수 있는 고수인 것이다.

"도가가, 아니, 도 형이 출타 중이라면 지금 저기 저 집 안에 있는 분이라도 만나게 해 주시죠. 그건 가능하겠죠?"

흉터 사내의 두 눈이 이채롭게 빛났다.

놀란 것 같기도 하고, 당황한 것 같기도 했다.

"뭔가 오해를 하는 모양인데, 지금 안에는 아무도 없소. 그러니……."

"오해가 아니라 분명히 안에 누가 있는 것으로 보입니다만?"

흉터 사내의 안색이 싸늘하게 변했다.

당연한 반응처럼 말도 거칠게 튀어나왔다.

"안에는 아무도 없다고 했잖아! 시비를 거는 게 아니라면 헛소리 그만 지껄이고 그만 돌아가!"

"시비는 내가 아니라 그쪽에서 거는 것 같은걸. 왜 버젓이 안에 있는 사람을 없다고 하지?"

설무백은 당연한 대응으로 무뚝뚝하게 대꾸하고는 태연히 사내를 외면하며 모옥을 향해 소리쳤다.

"이봐, 미친개 도가 안에 있지? 할 얘기가 있으니까 잠시 얼굴 좀 보자. 참고로 그냥 밀고 들어갈 수도 있지만, 당신 동생들이 크게 다칠까 봐 그래. 초면에 굳이 그럴 필요는 없지 않겠어?"

"이 새끼가……!"

흉터 사내가 발끈하며 칼을 뽑았다.

뒤에 서 있던 다른 사내들 역시 거의 동시에 칼을 뽑아 들었다.

살기가 비등하는 그 순간, 모옥의 방문이 발칵 열리며 사내 하나가 얼굴을 내밀었다.

"들여보내."

비루먹은 개처럼 바싹 마른 몰골에 검은 안대가 한쪽 눈을 대신한 애꾸눈 사내, 난주 사람들에게 미친개라 불리는 연화소등가의 수호신 도가였다.

설무백은 도가의 얼굴을 확인하는 순간, 의지와 무관하게 그대로 얼어붙어 버렸다.

아는 얼굴이었다.

'네가 미친개 도가라고?'

전생인 흑사신 시절의 설무백에게는 생사를 같이할 정도로 동고동락(同居同樂)하며 그에게 고굉지신(股肱之臣)을 자처하는 세 명의 수하가 있었다.

각기 그의 그림자가 되겠다며 이름까지 버린 수하들, 아니, 형제들, 백영(白影)과 흑영(黑影), 그리고 혈영(血影)이 바로 그들이었다.

설무백은 그들이 있었기에 숱한 난관을 헤쳐 나갈 수 있었다.

그들이 없었다면 그는 천하 양대 흑도의 하나로 꼽히는 쾌활림의 이인자가 될 수 없었을 것이다.

당시 그가 쾌활림을 등지고 떠난 동기는 낭왕의 진전을 찾는다는 것보다도 그들의 죽음이 더 결정적이었을 정도였는데…….

'이럴 수가!'

설무백은 놀랍다 못해 어처구니가 없어서 절로 입이 떡 벌어졌다.

지금 그는 거짓말 같은 현실과 마주하고 있었다.

그들 중 하나와 조우한 것이다.

미친개 도가가 바로 그중의 하나였다.

미친개 도가는 전생 흑사신 시절의 그가 치열한 생사결을 통해 굴복시키고 끝내 수하로 거둔 혈영의 과거 모습이었던 것이다.

'이 녀석과는 어떤 식으로든 만날 인연이었다는 건가?'

새로운 인생에서 전생의 인연을 만났다.

느닷없는 다가온 이 현실을 어떤 식으로 해석해야 좋을까?

처음 자신이 환생한 것을 깨닫는 순간부터 그는 자신의 환생이 단순한 환생이 아니라 과거로의 회귀라는 사실을 익히 잘 알고 있었다.

그런데 막상 전생의 인연을 마주하고 보니 참으로 당황스럽기 그지없었다.

이건 그가 환생한 것을 깨달은 순간보다 더욱 충격적인 현실이었다.

환생으로 인한 그의 새로운 삶이 지금 이 현실로 인해 엄청난 전환점을 맞이하리라는 것을 직감하기 때문이다.

설무백은 마음을 다잡고 그러저런 충격과 희망을 가슴속에 묻어 둔 채, 또한 감격에 겨운 흐뭇함을 애써 내색하지 않으며 미친개 도가의 방으로 들어섰다.

모옥의 방은 밖에서 보기와 제법 달리 넓었다.

제갈명만을 문밖에 세워 두고 설무백과 예충, 풍사, 그리고 미친개 도가와 그 측근들로 보이는 두 명의 사내가 함께 자리했음에도 불구하고 그들 사이에 거리가 휑하게 보일 정도의 여유 공간이 있었다.

설무백은 그렇게 모두가 자리를 잡고 앉기 무섭게 미친개 도가를 향해 전에 없이 밝은 미소를 지으며 물었다.

"평대가 좋을까요, 존칭이 좋을까요?"

도가가 묘하다는 표정으로 설무백을 바라보며 잠시 여유를 두었다가 대답했다.

"편한 대로."

"좋아, 그럼 각설하고. 묻지. 우리가 온다는 것을 이미 알고 있으면서도 왜 굳이 수하들에게 막으라고 한 거야? 다른 이유 없이 귀찮았던 거라면 그냥 자리를 떴으면 됐잖아?"

사실이었다.

미친개 도가는 이미 설무백 등이 자신을 만나러 오고 있다는 사실을 알고 있었다.

적어도 설무백 등이 연화소등가를 가로지르는 동안에 보고를 받았을 터였다.

무백은 연화소등가로 들어선 자신과 일행을 암중에서 은밀하게 지켜보는 몇몇 시선을 느꼈었다.

이에 도가가 부정하지 않고 짧게 대꾸했다.

"호기심이 생겨서."

여러 가지 의미를 함축한 대답이었다.

설무백은 그중에서 자신들을 예사롭지 않은 인물로 보았다는 것에 가장 큰 비중을 두고 다시 입을 열었다.

하지만 도가가 슬쩍 손을 들어서 그의 말문을 막았다.

"이젠 내 차례."

설무백은 어깨를 으쓱이며 속으로 웃었다.

예나 지금이나 도가는, 즉 혈영은 여전했다.

전생의 그도 순서 또는 차례를 지키는 공평함에 매우 집착을 보였다.

그래서 본의 아니게 지어진 그의 미소를 새삼 묘하다는 눈치로 바라보던 도가가 물었다.

"나를 찾아온 이유는?"

설무백은 새삼 속으로 웃었다.

안 그래도 그는 거두절미하고 그 얘기부터 하려던 참이었다.

"손을 잡으려고."

"나와?"

"응."

"왜?"

"여기 난주를 가져야 할 일이 생겨서."

이제는 그 이유가 다는 아니지만, 굳이 그 사연까지 밝힐 필요는 없을 터였다.

밝힌다고 해서 곧이곧대로 믿어 줄 내용도 아니고 말이다.

'너 전생에서 나랑 친했어. 내 부하였어.'라는 말을 어느 바보명청이가 믿을 것인가.

"여기 난주를 가지고 싶다?"

호기심이 생겼다는 말과 달리 시종일관 심드렁하던 도가의 눈빛이 처음으로 이채롭게 변했다.

설무백은 거리낌 없이 속내를 드러냈다.

"더 정확히 말하자면, 가지고 싶은 게 아니라 가져야 해. 안 되면 말고가 아니라 꼭 그래야 한다는 거지."

"이유는?"

"가족을 지키기 위해서라면 믿을라나?"

도가의 눈빛이 다시금 변했다.

묘하게도 앞서와 달리 이번에는 매우 놀라는 눈치였다.

설무백으로서는 익히 예상한 반응이었다.

그가 아는 전생의 혈영이 가장 우선하던 것이 바로 가족 그리고 우리였다.

도가가 물었다.

"가족을 지키는 데 왜 난주를 가져야 하는 거지?"

설무백은 있는 그대로 솔직하게 털어놓았다.

"원래는 그럴 이유가 없었지만, 뭐랄까? 나무는 가만히 있으려 하나 바람이 나무를 흔든다고나 할까? 어찌어찌 하다 보니 내가 실수를 좀 해서 가지지 않으면 안 될 것 같은 상황으로 변해 가고 있는 중이거든."

도가의 한쪽 입술 꼬리가 치켜 올라갔다.

웃음, 비웃음이었다.

"난주를 무슨 길가에 구르는 돌멩이처럼 말하는군. 난주가 비록 중원의 변방에 속하는 곳이긴 하나, 여기서 먹고사는 강호인만 수천을 헤아린다. 백사방 등 소위 삼대 흑도 방파만 해도 내로라하는 고수가 수백이 넘지. 애송이에 불과한 네가 그리 쉽게 넘볼 수 있는 곳이 아니야."

설무백은 미소를 잃지 않으며 말을 받았다.

"말이 길어지는 것을 보니 그런 생각을 전혀 안 해 본 건 아닌 것 같은데 그래?"

도가의 표정이 살짝 굳어졌다.

감추고 있던 속내가 드러나서 기분이 상한 것처럼 보였다.

설무백은 상관하지 않고 다시 말했다.

"쉽게 얻을 수 있다고는 생각하지 않아. 쉽지 않겠지. 하지만 쉽지 않은 일이라고 가족을 포기할 수는 없는 거잖아. 안 그래?"

도가가 가늘게 좁힌 눈가로 예리한 빛을 토하며 설무백을 직시했다.

마치 그의 속내를 읽어 보려는 듯한 눈초리였다.

설무백은 그러거나 말거나 대답을 기다리지 않고 하던 말을 계속했다.

"물론 다른 방법이 아주 없는 것은 아니지. 아, 난주를 포기한다는 소리가 아니야. 네가 거절한다면 다른 사람을 선택하는 방법도 있다는 소리지."

도가가 관심을 보였다.

"이를테면?"

"다른 사람을 선택하면 되지."

무심한 얼굴로 대꾸한 설무백은 적나라하게 부연했다.

"난주의 삼대 흑도 중 하나를 선택하면 되지 않을까? 내
가 난주를 가질 수 있도록 전적으로 밀어주겠다면 과연 그
들 중 거부할 사람이 있을까?"

진화進化 (1)

"그렇게 하지 않은 이유는?"

미친개 도가가 흔들리는 감정을 비틀린 미소로 감추며 반문했다.

설무백은 쓰게 입맛을 다시며 한숨을 내쉬었다.

"애들이 다들 속이 좁아. 이런 작은 땅 하나도 서로에게 넘기지 못할 정도로 말이야. 그런 자들은 일을 시끄럽게 만들 소지가 다분하지. 나는 이번 일을 가급적 매우 조용히 처리하고 싶어. 그래야 내가 우리 가족을 지키는 데 매우 유리하니까."

도가의 눈빛이 변했다.

의혹의 그림자가 드리워진 눈빛이었다.

설무백은 그런 도가를 전에 없이 무심하게 바라보며 다시 말했다.

"네가 여기 연화소등가를 지키고 싶은 것처럼 나는 내 가족을 지키고 싶은 것뿐이야. 그래서 네가 싫다면 후자의 경우를 선택해서라도 나는 이번 일을 강행할 생각이지."

도가가 물었다.

"내가 너의 손을 잡으면 내게 무슨 이득이 생길까?"

설무백은 태연하게 대꾸했다.

"글쎄? 아무것도 안 생길 수도 있지. 실패할 수도 있으니까. 대신 한 가지는 분명히 약속해 줄 수 있어. 만약 성공한다면 난주를 네게 주겠어. 나는 가족을 지키는 것으로 만족하니까."

매우 파격적인 제안이었다.

도가는 그런 파격적인 제안에도 불구하고 전혀 동요하는 모습이 아니었다.

그러나 설무백은 이번에도 그의 속내를 정확히 읽었다.

도가는 난주를 가질 수 있다는 말이 아니라 가족이라는 말에 흔들리는 눈치를 보이고 있었다.

다른 사람은 몰라도 그는 그것을 도가의 기색에서 느꼈다.

과연 전생 흑사신 시절의 그가 알던 혈영의 모습이었다.

설무백은 그 반응을 보고 시간의 흐름과 상관없이 혈영은 역시나 혈영이라는 사실을 되새기며 재차 물었다.

"같이할래, 말래?"

도가가 선뜻 대답하지 않고 침묵을 지켰다.

설무백은 그게 그의 뇌리에서 오만 가지 생각이 스치기 때문임을 쉽게 간파했다.

이해할 수 있었다.

그가 아는 혈영은 그런 사람이었다.

나태하게 보일 정도로 신중했다.

늘 자신보다 가족과 동료를 먼저 생각하기 때문이었다.

'여전하군.'

설무백은 매우 흡족했다.

그래서 대수롭지 않게 자리를 털고 일어날 수 있었다.

"더는 강요하지 않을 테니, 하겠다면 내일 풍잔으로 와."

"어떻게 생각하냐?"

설무백 등이 사라지기 무섭게 미친개 도가의 입에서 나온 질문이었다.

곁에 앉아 있던 두 명이 흑의 사내 중 하나가 대답했다.

"예사롭지 않은 애송이이긴 합니다만, 이번 일이 대형께서 나설 만한 일인지는 잘 모르겠습니다."

"애송이로 보였냐?"

"예?"

"내 눈엔 전혀 애송이로 보이지 않아서 말이야."

미친개 도가는 어리둥절해하는 흑의 사내를 힐끗 보며 누런 이를 드러내며 다시 말했다.

"그래도 재미있을 것 같기는 하지?"

대답하던 사내와 침묵하고 있던 사내들, 도가의 오른팔과 왼팔이라는 자인(自刃)과 강패(江牌)는 동시에 고개를 숙이며 말했다.

"대형의 뜻대로!"

"사연만 많은 것이 아니라 생각도 많은 녀석 같더라."

풍잔으로 돌아가는 길에 예충이 드러낸 미친개 도가에 대한 평가였다.

설무백은 말없이 그냥 듣고만 있었다.

틀린 말도 아니거니와 굳이 대꾸할 의지도 없었다.

미친개 도가가, 바로 혈영이 전생에서도 굴곡진 인생을 살았다는 생각은 했지만, 이제 보니 그의 생각보다 더 복잡한 인생을 살아온 녀석이라는 인상을 지울 수가 없어서 그저 착잡한 기분이었다.

예충이 그가 대꾸를 않자 다른 걸 물었다.

"올까?"

설무백은 온다고 생각했다.

"옵니다."

"오지 않으면?"

"들었잖아요. 그가 거부했을 경우의 계획."

"정말로 삼대 흑도 중 하나를 선택해서 난주를 먹겠다는 거냐?"

"어쩔 수 없죠. 지금 내가 가진 힘만으로는 불가능하니, 아니, 불가능하진 않더라도 꽤나 진한 피를 뿌릴 테니 그 수밖에 없지 않겠어요? 왜요? 마뜩잖으세요?"

"아니, 난 뭐랄까…… 너무 갑작스럽네."

"뭐가요?"

"그 녀석을 선택한 거야 그렇다 쳐도, 난데없이 삼대 흑도 중 하나를 택하겠다는 거 말이다. 그저 녀석을 설득하기 위한 즉흥적인 임기응변이 아니었던 거냐?"

"맞아요. 즉흥적인 임기응변이었어요. 그를 만나기 전에는 없던 생각이었으니까요."

"그런데도 그대로 밀고 나가겠다고?"

"틀린 계획은 아니잖아요. 불가능한 계획도 아니고. 난주가 조금 시끄러워질 수도 있지만, 그것만 감수하면 오히려 그보다 더 좋은 경우의 수도 없을 겁니다."

사실을 말하자면 이제 아무래도 상관없었다.

미친개 도가, 바로 혈영과의 만남으로 인해 그간 심중에 품고 있던 그의 모든 계획이 송두리째 뒤바뀌고 있었기 때문이다.

그런 그의 속내를 감히 짐작도 하지 못하는 예충이 말꼬리를 잡았다.

"조금이 아닐걸. 내 생각엔 엄청 시끄러워질 거다. 어떤 자식이건 자기보다 작은 놈과 싸울 때는 창피하고 부끄러워서라도 아버지에게 손을 내밀지 못하지만, 자기보다 크거나 적어도 비등한 놈과 싸울 때는 얼마든지 손을 내밀 수 있는 법이니까. 소위 명분이 생긴다는 얘기다."

설무백은 묵묵히 고개를 끄덕였다.

지금 예충이 무슨 말을 하는 것인지 그도 충분이 이해하고 있었다.

구익조가 알아 온 내용이었다.

난주의 밤을 삼분하고 있는 백사방과 홍당, 대도회는 저마다 든든한 뒷배를 가지고 있었다.

난주의 소금 밀매 조직인 백사방에게는 암중에서 그들에게 소금을 대주는 황하수로연맹(黃河水路聯盟)이 있다.

그리고 난주 부촌의 상가 지역을 순찰해 주고 보호비를 챙기는 홍당의 총당주는 난주 제일의 무관이자, 구파일방의 하나인 공동파의 지부 격이라고 알려진 무술 도장인 풍운관

(風雲館)의 관주와 호형호제하는 사이이며, 난주 일대 색주가의 이권을 장악한 대도회는 녹림십팔채(綠林十八寨) 중 하나인 인근 녕하의 폭호채(暴虎寨)와 밀접한 관계를 가지고 있는 것이다.

예충은 못내 그것이 마음에 걸리는지 침묵하고 있는 그를 은근한 어조로 설득했다.

"그 녀석이 싫다면 다른 녀석을 찾아보는 것은 어떠냐? 녀석의 능력이 아깝긴 하지만, 어차피 우리를 대신할 바람막이를 찾는 거였으니, 상관없지 않나 싶은데……?"

"글쎄요……."

설무백은 말꼬리를 늘였다.

사실은 여운이 남는 '글쎄요'가 아니라 미친개 도가가 아닌 다른 사람은 이제 싫었다.

어떻게 맞이한 인연이라고 내칠 수 있을 것인가.

게다가 그게 아니더라도 미친개 도가여야 하는 이유는 그에게 차고 넘쳤다.

그가 아는 미친개 도가는, 즉 전생의 혈영은 중원 무림을 좌지우지할 정도의 거대 흑도인 쾌활림에서도 손꼽히는 고수였다.

지금은 아닐지 모르나 언제고 나중에는 틀림없이 그런 고수가 된다.

'녀석과의 인연이 앞당겨진 것을 보면 약간의 변수가 없

다고는 말할 수 없지만, 기본적인 틀이 바뀌는 상황은 벌어지지 않겠지!'

전생과 지금의 삶을 비교하는 것이다.

그래서였다.

전생의 인연으로만 생각해도 절대 놓치고 싶지 않은데, 그와 같은 도가의 미래는 절대적으로 욕심나는 일이 아닐 수 없었다.

이제 난주를 장악한다는 것은 그가 품은 계획의 일부분에 지나지 않았다.

지금 그의 뇌리에서는 그간의 계획이 하찮게 느껴질 정도로 원대한 포부가 자라나고 있었다.

그러나 그걸 예충에게 밝힐 수는 없는 일, 그는 일단 한발 물러섰다.

"일단 기다려 보죠."

예충은 더 이상 채근하지 않았다.

일단 기다려 보자는 그의 답변을 어떻게 받아들이는지는 몰라도, 그 역시 일단은 조금 더 지켜보고 싶은 것 같았다.

그도 혈영의 저력을 높이 평가한다는 방증일 것이다.

설무백은 그런 예충의 생각과는 상관없이 풍잔으로 돌아와서도 내내 전생과 현실에 대한 생각에 잠겨서 잠까지 설쳤다.

혹시나 자신의 죽음과 환생으로 인해 혈영의 미래마저 새로운 것으로 달라졌을 수도 있었다.

사십 대의 혈영을 만난 것이 아니라 이십 대의 혈영을 만났다는 것 자체가 그가 알던 전생의 역사와 다르지 않은가.

과연 지금 그의 삶과 전생의 그가 아는 역사는 어느 정도 차이가 날까?

진정 바꿀 수는 있나?

바꾸어도 아무런 문제는 없는 것일까?

만에 하나 그로 인한 여파로 절대 놓치고 싶지 않은 도가를, 바로 형제와 다름없던 혈영을 놓치는 것은 아닐까?

'절대 그렇게 되도록 놔두지는 않을 것이다!'

설무백은 다짐하고 또 다짐했다.

이유 여하를 막론하고 미친개 도가, 혈영은 그만큼 놓치기 싫은 존재였다.

문제는 전생의 인연과 달라진 지금의 시간!

전생의 시간에서 그는 지금 흑도의 저 밑바닥인 개미굴에서 구르고 있어야 한다.

하지만 지금의 그는 개미굴로 들어가기는커녕 장군가의 자식이 되어 새로운 시간을 보내고 있다.

달라진 것은 그뿐만이 아니었다.

그의 성격도 전생에 비할 수 없이 유해졌고, 전생에 없던 인연과 기연도 수없이 맞이했다.

과연 전생과 달라진 지금의 변화가 그에게 어떤 미래를

창출할 것인가가 자못 궁금하지 않을 수 없었다.

'전생에선 내 나이 열여섯에 림주와 만났었다. 지금 내 나이 열여덟이다. 그때의 인연은 이미 사라진 건데, 과연 지금 혈영을 만난 것처럼 그와 인연도 다른 시간에서 이어지는 것일까?'

가능성은 충분했다.

상황이 같지는 않아도 얼마든지 림주와의 인연이 이어질 수도 있었다.

어쩌면 혈영과의 만남이 그런 미래의 전조일지도 모른다.

'정말 그렇게 된다면 과연 나는 어떻게 행동하는 것이 옳을까?'

설무백은 아직 일어나지도 않은 일을 가지고 깊은 고민에 빠져서 도무지 잠을 이룰 수가 없었다.

그런데 우습지 않게 그런 고민의 늪이 그에게 예기치 않은 도움을 주었다.

본의 아니게 뒤척이다가 선잠에 빠졌을 때였다.

오기를 바라는 미친개 도가에 앞서 먼저 그를 찾아온 사람이 있었다.

'누구지?'

설무백은 어둠 속에서 눈을 떴고, 동시에 본능적으로 사태를 파악할 수 있었다.

선잠이 들었다.

그리고 깨어났다.

깨어난 이유는 누군가의 침입으로 인해 경각심 때문이었고, 지금 그에게 경각심을 준 침입자는 창문의 미세한 틈으로 가느다란 철사를 소리 없이 밀어 넣어서 두 개의 고리로 연결된 자물쇠를 열고 있었다.

'자객?'

아마도 그럴 것이다.

이 시간에 창문을 통해서 그를 만나려고 하는 사람이라면 자객 말고 또 누가 있을 것인가.

'누가 보냈을까?'

머리에 떠오르는 음흉스러운 얼굴 하나가 있었다.

대도회의 당주라는 비도 냉이보의 얼굴이었다.

예충 등도 그랬고, 그 역시 그렇게 직감했었다.

그자라면 언제든지 담을 넘을 수 있는 자라고 생각했었다.

'직접 왔나?'

그건 아닌 것 같았다.

그가 이런저런 생각을 하는 사이에 소리 없이 창문을 열고 안으로 들어서는 침입자는 캄캄한 방 안의 어둠 속에서도 시커멓게 보이는 야행복(夜行服)과 복면을 하고 있어서 얼굴을 확인할 길은 없었으나, 낮에 본 냉이보와는 다소 차이가 나는 체구였다.

'이러면 냉이보가 보낸 자가 아닐 수도 있다는 건데…….'

홍당의 외당 당주라는 철조 반양도 이를 바득바득 갈며 돌아갔으니, 그놈이 보낸 자객일지도 몰랐다.

설무백이 느긋하게 그런저런 생각을 하는 사이, 소리 없이 안으로 들어선 침입자가 은밀하게 손을 움직였다.

어둠 속에서도 반짝이는 물체가 모습을 드러내고 있었다.

보통의 칼보다는 작아도 족히 반자는 되어 보이는 비수였다.

이것으로 확실해졌다.

어느 누가 보냈든 간에 이놈은 자객이 분명했다.

설무백은 더 이상 기다리지 않고 입을 열었다.

"대체 언제까지 두고 볼 거야?"

비수를 들고 접근하던 자객이 갑작스럽게 터진 그의 말에 흠칫 놀라며 굳어졌다.

설무백의 침상을 우측에 둔 문가의 벽에 그림처럼 붙어 있던 그림자 하나가 검은 바람처럼 이동해서 그런 자객을 덮쳤다.

"헉!"

자객이 본능적으로 물러나며 수중의 비수를 휘둘렀으나, 이미 헛수고였다.

섬광이 헛되어 허공을 가르는 가운데…….

타다닥-!

경쾌한 타격음이 터졌다.

자객의 몸이 비수를 휘두르던 자세 그대로 돌처럼 굳어졌다.

점혈이었다.

설무백은 그제야 침상을 벗어나서 등불을 밝혔다.

검은 그림자, 애초에 설무백의 방에서 불침번을 서고 있던 풍사가 한 손으로 제압한 자객의 오금을 발로 가격했다.

"으악―!"

섬뜩한 소음과 함께 두 눈을 크게 부릅뜬 자객이 찢어지는 비명을 지르며 털썩 무릎을 꿇었다.

다리뼈가 부러지면서 저절로 무릎이 꿇려진 것이다.

"진즉에 깨서 놈을 지켜보시기에 혹시나 직접 나서려고 그러나 했죠."

풍사의 변명이었다.

"풍사 아재를 곁에 두고 내가 귀찮게 왜 나서?"

설무백은 대수롭지 않게 대구하고는 다리가 부러진 고통에 신음하는 자객의 뒷덜미를 잡아당겨서 얼굴을 마주했다.

"윽!"

자객이 화들짝 놀라며 비명을 질렀다.

설무백은 그에 상관없이 싸늘한 미소를 지어 보이며 말했다.

"약속하지. 누구의 지시인지만 말하면 기꺼이 살려 주겠어. 누구 지시냐?"

다리가 부러진 고통에 신음하던 자객이 살기 어린 그의 기세에 완전히 압도당해서 전신을 부들부들 떨며 말을 더듬었다.

"바, 반양 당주의 지시로……!"

진화進化 (2)

"난주에서 영향력을 행사하는 정파의 무리는 세 곳입니다."

"서문대로의 청운문(靑雲門)과 지부공관(知府公館)이 자리한 중앙대로의 매화장(梅花莊), 동문대로의 풍운관이죠."

"굳이 따지면 과거 정사지간의 무림 고수였던 금마교인(金魔絞刃) 사문도(沙門到)가 은거한 복정산장(福庭山莊)이 있는데, 복정산장이 성 밖에 위치한 데다가, 사문도가 말 그대로 오래전에 금분세수(金盆洗手)하고 강호 무림의 일에 전혀 관여하지 않은 터라 제외했습니다. 따라서……."

야밤에 난데없이 들이닥친 자객 소동으로 갑작스럽게 풍잔의 모든 요인들이 집결한 설무백의 방이었다.

제갈명의 장황한 설명을 듣고만 있기가 지루했던지 예충이 툴툴거렸다.

"좁은 촌구석에 개떼처럼 바글바글 많이도 모여 사네."

일전에 예충에게 두들겨 맞아서 머리가 깨져 본 다음부터 예충의 말을 조금은 귀담아듣기 시작한 제갈명이 하던 설명을 멈추고 대답했다.

"난주가 좁은 동네는 아니죠. 명색이 서장으로 가는 길목이자, 중원으로 가는 입구 아닙니까. 따로 언급하지는 않았지만, 성 밖 비림(秘林)에 터를 잡은 낭인 시장의 무리와 개인적으로 무사들을 고용한 이런저런 가문들까지 더하면 그야말로 군소 방파의 집단 서식지 같은 동네가 바로 여기 난주입니다."

"결국 우리의 조사가 터무니없이 미흡했다는 소리군."

"죄송합니다!"

"탓하자는 게 아니야. 내가 정하고 선택한 일인데 탓하려면 나를 탓해야지 다른 누굴 탓하겠어."

설무백은 제갈명의 설명을 듣고 흘린 자신의 자책에 고개 숙인 천타와 덩달아 어쩔 줄 몰라 하는 구익조 등을 앞에 두고 잠시 생각에 잠겼다.

어째 일이 점점 더 커지는 느낌이라 기분은 좋지 않으나, 여기서 물러날 수는 없었다.

마음을 정한 이상 기호지세(騎虎之勢), 이미 호랑이 등에 오른 형국과 같았다.

성격상 칼을 뽑았으니 베어야 하는 것이다.

그는 계속 설명을 해야 하나 말아야 하나 고민되는지 습관처럼 이리저리 눈동자를 굴리는 제갈명을 향해 물었다.

"풍운관이 난주에서 가진 위치가 어느 정도지?"

제갈명이 대답했다.

"정파 무리만 치면 최고라고 볼 수 있습니다."

"추상적인 말 말고, 알기 쉽게 설명해 봐. 대체 어떤 면에서 최고라는 거야? 무력이?"

설무백의 가벼운 질책에 찔끔한 제갈명이 재빨리 설명했다.

"무력도 무력이지만, 배경이 더 최고지요. 청운관과 매화장이 제아무리 청성파와 화산파와 연을 맺고 있다고는 하나, 고작 어쩌다가 만나서 한 수 얻어 배운 무기명 제자가 세운 무술 도장에 불과하지만, 풍운관의 관주인 삼절검(三絶劍) 이택(李澤)은 엄연히 공동파의 속가제자입니다."

설무백은 고개를 끄덕였다.

그 정도라면 최고라는 말이 어울렸다.

구대 문파의 위상은 다른 그 어떤 무림의 방파보다 윗길에 놓여 있는 것이다.

그는 물었다.

"공동파의 누가 사부지?"

제갈명이 답변했다.

"이대 제자의 하나인 복검(伏劍) 진청(眞靑)을 사사했다고 전해지나, 일설에 따르면 장로원의 현천상인(玄天上人)에게도 지도를 받은 적이 있다고 합니다."

설무백은 잠시 고민하다가 물었다.

"우리가 홍당과 싸울 경우 풍운관이 과연 나설까?"

제갈명이 흠칫하며 얼떨결인 듯 반문했다.

"홍당과요?"

설무백은 미간을 찌푸렸다.

제갈명이 재빨리 정색하며 대답했다.

"반반이라고 봅니다."

"이유는?"

"삼절검 이택이 아무리 철조 반양과 친분을 쌓고 있다고 해도 명색이 정파 아닙니까. 선뜻 흑도 무리의 싸움에 끼어들기는 쉽지 않을 거라고 봅니다."

"소위 초전 박살 내면 된다는 소리네. 싸움이 끝난 마당에 나서기는 더욱 명분이 없을 테니까 말이야."

"그, 그렇다고 볼 수 있죠."

제갈명이 새삼 흠칫하며 말을 더듬었다.

홍당과의 싸움을 기정사실화하는 설무백의 말에 적잖게 당황한 것이었다.

설무백은 아무렇지도 않게 그보다 더한 질문을 던졌다.

"그럼 이유 여하를 막론하고 풍운관의 이택이 홍당을 돕기 위해 나선다고 치고, 그럼 공동파가 나설 확률은 얼마나 될 것 같아?"

제갈명이 꿀꺽 소리가 나도록 침을 삼켰다.

"정말 풍운관까지 표적에 두신다는 겁니까?"

설무백이 이번에는 그냥 넘어가지 않고 매섭게 질책했다.

"질문을 질문으로 받는 건 좋은 버릇이 아니라고 했지!"

"아, 예!"

제갈명이 재빨리 고개를 숙이며 대답했다.

"공동파는 구파일방의 하나이고, 그들은 하나같이 명예에 목숨을 걸며, 자존심으로 똘똘 뭉친 자들입니다. 그런 자들이 속가제자의 몰락을 수수방관한다는 것은 말이 안 됩니다. 무조건 나선다고 봐야 합니다. 그것도 일벌백계(一罰百戒), 곱에 곱으로 복수하려 들 겁니다."

"그럼 결정 났네."

설무백은 다부지게 한마디 흘리며 자리를 털고 일어났다.

제갈명의 설명을 듣자 흐릿하게 그려지던 그림이 선명하게 떠오른 까닭이었다.

좌중의 모두가 어리둥절한 표정으로 그를 바라보았다.

그는 그들을 둘러보며 말했다.

"우선 풍운관으로 가자."

"예? 갑자기 푸, 풍운관은 왜……?"

제갈명이 화들짝 놀라며 엉거주춤 일어났다.

"겸손하고 성실한 무명소졸 연기하러."

"그런 연기를 왜 풍운관에 가서……?"

제갈명이 설무백의 말을 제대로 이해하지 못하고 되묻는 순간, 살기가 비등하면서 그의 목에 예리한 칼날이 달라붙었다.

천타가 뽑아낸 칼이었다.

"말귀가 어두우면 눈치라도 빨라야지. 우리 주군께서 너 따위에게 일일이 보고를 해야 하는 거냐?"

제갈명이 그대로 굳어서 대답도 못 하고 불안한 눈동자로 설무백의 눈치를 보았다.

설무백은 그저 무심하게 서둘러 방을 나섰다.

"시간 없으니 서둘러. 날이 밝기 전에 후딱 해치우고 밥이나 먹자."

그러다가 그는 방문의 고리를 잡은 채로 우뚝 멈춰 섰다.

방문 밖에 그를 기다리는 사람이 있었다.

방립을 깊이 눌러쓴 사내였다.

그가 방립을 뒤로 넘기며 고개를 들자, 멀리서 보면 비루 먹은 개처럼 바싹 마른 몰골이고, 가까이서 보면 깡마른 체구에 해골 같은 인상인 애꾸눈 사내의 얼굴이 들어났다.

미친개 도가였다.

"내 이름은 도엽(陶曄)이다."

설무백은 씩 웃으며 물었다.

"왠지 단둘이서 할 말이 있을 것 같지 않아?"

미친개 도가, 도엽이 견고하게 굳어진 눈빛으로 묵묵히 고개를 끄덕이고 있었다.

"다들 여기서 잠시만 기다려."

설무백은 모두에게 지시하고 도엽을 일별하며 돌아섰다.

"따라와. 적당한 장소가 있으니까."

설무백이 말한 적당한 장소는 바로 그가 특별히 거처의 지하에 마련한 연공실(練功室)이었다.

객잔을 보수하면서 그가 가장 심혈을 기울여서 만든 그 연공실은 십 장 아래 사방을 강철로 두른 이십여 평의 공간이었다.

그곳에서 만약 한 다발의 폭약이 터진다 해도 밖에서는 그누구도 전혀 눈치채지 못할 밀실이었다.

도엽을 그 밀실로 이끈 설무백은 역시가 강철로 만들어진 문을 닫으며 빙그레 웃었다.

"자, 이제 말해 봐."

도엽이 무덤덤한 표정으로 밀실의 내부를 둘러보며 중얼

거렸다.

"할 말이 있는 건 나만이 아니었던 것 같은데?"

설무백은 부정하지 않았다.

"우선 너부터."

도엽이 가만히 고개를 끄덕이며 그를 직시했다.

"이유를 알고 싶어서. 나를 당신들의 얼굴로 내세우고 싶다는 진부한 핑계 말고, 진짜 이유."

설무백은 어깨를 으쓱했다.

"진부해 보여도 처음에는 그게 진짜 이유였어."

도엽이 말꼬리를 잡았다.

"지금은 아니라는 소리네?"

설무백은 인정했다.

"물론 아니지. 너를 보고 내 생각이 바뀌었거든."

도엽이 물었다.

"어떤 식으로?"

설무백은 솔직히 대답했다.

"너를 거두는 것으로."

"나를 거둔다?"

"응, 거두고 싶어. 아니, 거둘 생각이다."

도엽이 웃었다.

비웃음은 아니었다.

흥미였다.

그는 자못 삐딱하게 설무백을 응시했다.

"이거 얘기가 아주 달라지네."

설무백은 무심하던 얼굴이 희미한 미소를 드리우며 두 팔을 벌렸다.

"아무래도 이제 더 이상의 얘기는 필요 없을 것 같지 않나?"

도엽이 빛나는 눈으로 칼을 뽑아 들며 그의 말에 동의했다.

"그런 것 같군."

설무백은 그에 대응해서 전신의 내력을 끌어 올리며 태세를 갖추었다.

도엽이 미간을 찌푸렸다.

"병기는?"

설무백은 냉정한 듯 무심하게 대꾸했다.

"병기를 손에 쥐면 종종 흥분해서 살기를 억누르지 못하는 경우가 있어서. 너를 죽이고 싶지는 않거든. 그렇다고 오해는 하지 마. 너를 무시해서는 아니니까."

도엽의 눈가에 살기가 서렸다.

"무시하는 것 같은데?"

설무백은 어깨를 으쓱였다.

"네 생각까지 상관하고 싶지는 않지만, 그래도 이 정도는 돼야 네가 수모를 당했다는 생각은 안 하지 않을까? 허접한 주인을 받드는 건 너도 싫을 거잖아."

도엽이 안색을 굳혔다.

"정말 장난이 아니군."

설무백은 냉정한 기색으로 변해서 손가락을 까딱였다.

"알았으면 시간 끌지 말고 어서 덤벼."

도엽의 두 눈에 살기가 번졌다.

때를 같이해서 그의 칼끝이 움직였다.

아무런 사전 동작도 없이 움직인 그의 신형이 흐릿하게
보일 정도로 빠르게 설무백을 향해 직선으로 쇄도해 들어
갔다.

'과연!'

설무백은 감탄했다.

아직 완전하진 않지만 마치 전생의 도엽을, 바로 혈영을
보는 것 같은 기분이 그를 흥분시켰다.

물론 그런 감상의 순간은 잠시였다.

그는 기다리지 않고 화살처럼 튀어 나가며 일말의 망설임
도 없이 지금 자신이 펼칠 수 있는 최고의 절기를 펼쳤다.

길게 끌 싸움이 아니었다.

그래서 그가 선택한 것은 십자경혼창의 변형인 십자경혼
수의 초식에 따라 펼치는 청마수(靑魔手)였다.

다변의 십자경혼수와 가장 높은 경지를 이룬 청마수를 결
합한 것이었다.

쐐액-!

섬광처럼 뻗어진 도엽의 칼끝이 눈부신 속도로 공기를 사르며 그의 어깨를 노리고 있었다.

눈에 보이지 않도록 빠르게 휘둘러진 설무백의 왼손이 그 칼날의 측면을 때렸다.

깡-!

피육으로 형성된 손과 강철로 제련된 칼이 충돌했는데 놀랍게도 거친 금속성이 터졌다.

도엽의 칼이 표적을 잃고 옆으로 틀어졌다.

설무백의 오른손이 그 순간에 길게 늘어나는 것 같은 착각을 일으키며 옆으로 밀려 나가는 칼날 아래를 지나쳐서 직선으로 도엽의 목을 노렸다.

"익!"

도엽이 사력을 다해서 밀려 나가는 칼을 당겼다.

그 칼날이 푸른 기운을 머금은 채 쇄도해 가던 설무백의 오른 손목을 베었다.

쨍-!

거친 금속성이 터지며 도엽의 칼날이 중동에서부터 부러져 나갔다.

청마수에 두 번이나 연속해서 격돌한 그의 칼날이 견디지 못한 것이다.

칼날이 부러져 나가는 그사이에도 멈추지 않고 나아간 설무백의 오른손이 그대로 도엽의 목을 움켜잡았다.

싸움이 그렇게 끝났다.

도엽이 칼끝이 부러져 나간 칼을 든 채 돌처럼 굳어졌다.

설무백은 그런 그의 목을 움켜잡은 채 전에 없이 해맑은 미소를 지었다.

아직 운용이 미숙한 초식의 변화를 감당하지 못하는 바람에 부러져 나간 도엽의 칼끝이 실낱같은 차이로 그의 어깨에 박혀 들어 있었으나, 그에 따른 고통보다는 계획대로 싸움을 길게 끌지 않았다는 생각이 그의 기분이 상쾌하게 만들었다.

그는 짧게 물었다.

"인정?"

칼날이 부러진 칼자루를 잡고 있는 도엽의 손에서는 피가 흘러내리고 있었다.

무지막지한 여파로 손바닥이 찢어진 것이다.

그걸 바라보며 눈가를 씰룩이던 도엽이 이내 그에게 시선을 고정하며 말했다.

"목숨을 걸고 적의 사각을 노린다라, 너무 무모한 거 아닌가?"

설무백은 웃었다.

"무모한 게 아니라 대우를 해 준 거다."

그는 자신의 어깨에 박힌 부러진 칼날을 뽑아내서 흔들어 보이며 웃는 낯으로 부연했다.

"네 체면을 살려 준 거지."

도엽이 피식 웃고는 말했다.

"그렇다고 해 두죠."

도엽의 말투가 달라져 있었다.

패배를 인정하고 설무백의 제안을 수용한다는 태도였다.

설무백은 반색하며 말했다.

"넌 이제부터 미친개 도가, 도엽이 아니라, 혈영이고, 내 그림자다. 난생처음 내게 피를 보게 했으니, 혈영인 거다. 불만 없지?"

도엽은 무언가 스스로도 이해할 수 없고, 형용하기 어려운 감정이 북받치는지 한동안 이글거리는 눈빛으로 그를 바라보다가 이내 부러진 칼을 버리며 정중히 공수했다.

"알겠습니다! 이제 제 이름은 혈영입니다!"

설무백이 혈영과 함께 돌아오자, 누구는 상황을 익히 짐작한 듯 의미심장하게 고개를 끄덕이고, 다른 누구는 불같은 호기심에 잠긴 눈초리로 그들의 기색을 살폈다.

그러나 누구도 먼저 입을 열지는 않았다.

당연히 설무백이 말해 줄 거라고 생각하는지 기대에 찬

눈초리로 바라보고 있을 뿐이었다.

설무백은 그들의 기대를 외면하며 말했다.

"늦었군. 인사는 차차 하기로 하고, 일단 서두르자."

이른 새벽이었다.

동녘이 검푸르게 물들긴 했으나, 아직 아침이 밝으려면 적잖은 시간이 남아 있었다.

설무백은 만약을 대비해서 풍잔에 남은 천타를 제외하고, 풍사와 예충, 도엽만을 대동하고 어두침침한 어스름을 뚫고 발길을 재촉해서 동문대로의 요지를 차지한 풍운관으로 갔다.

이유를 설명하지 않았으나 도엽은 이유를 묻지 않고 그의 뒤를 따랐다.

무술 도장 풍운관은 고풍스러운 장원이었다.

"무슨 일로 이 시간에⋯⋯?"

장원의 대문을 두드리자 밖으로 나온 사람은 푸른색이 무복을 차려입은 젊은 청년이었다.

대문을 열고 나설 때의 그는 이른 새벽의 귀찮음 때문인지 기세가 등등했지만, 이내 솜털처럼 나긋나긋하게 변해서 설무백 등의 눈치를 보았다.

설무백과는 상관없었다.

방립을 눌러쓴 도엽은 둘째 치고, 풍사와 예충의 험악한 기세에 주눅이 들어 버린 것이다.

설무백은 정중하게 말했다.

"풍운관의 관주이신 삼절검 이택 어른을 뵈러 왔소."

똥개도 자기 집 앞에서는 반은 먹고 들어간다는 식으로, 청년은 잔뜩 주눅이 든 모습이면서도 애써 어깨를 폈다.

"무슨 일로 우리 관주님을 찾으시는 거요?"

설무백은 용건을 밝혔다.

"무명소졸 설무백이 난주 제일의 명숙이신 이택 어른께 한 수 가르침을 받고자 이렇게 찾아왔소."

소위 도장 깨기라고 하는 무림의 전통적인 비무 신청이었다.

이제야 사태를 파악한 청년의 눈이 커졌다.

무명소졸이나 낭인 등이 자기의 실력을 입증하기 위해서 그 지역의 문파나 무술 도장을 찾아가서 비무를 신청하는 도장 깨기는 언제 어느 때고 흔히 벌어질 수 있는 일이긴 하지만, 그렇다고 대수롭지 않게 치부해도 좋을 일이 결코 아님을 아는 것이었다.

"기, 기다리시오!"

다급히 한마디를 던진 청년은 허겁지겁 돌아서서 대문 안쪽으로 자리한 연무장을 내달렸다.

얼마나 놀라고 다급했는지 대문조차 제대로 닫지 않았다.

설무백은 기다리지 않고 대문 안으로 들어서서 직접 대문을 잠그고 연무장의 중앙으로 발을 옮겨 기다렸다.

이윽고, 다소 요란한 인기척이 느껴지며 연무장 안쪽으로 품(品) 자형을 이루며 세워진 전각의 중앙을 통해서 일단의 무리가 모습을 드러냈다.

다수의 인원이었다.

우르르 몰려나와서 선뜻 파악할 수 없으나 얼추 수십 명이었고, 그 뒤에도 줄줄이 따르는 인원이 적지 않았다.

앞서 대문을 열어 준 청년과 마찬가지로 하나같이 푸른색의 무복을 차려입은 사내들인 것으로 봐서 모든 제자들이 나선 것 같았다.

설무백은 눈을 빛냈다.

예상 밖의 인원에 놀란 것이 아니었다.

그들, 푸른 무복의 사내들을 사이에서 익히 전해 들은 인물 하나를 발견했기 때문이다.

어스름 따위는 이미 맹금보다 더한 시야를 가진 그에게 아무런 장애가 될 수 없었다.

대나무처럼 호리호리한 체구, 눈매가 가는 세모꼴의 얼굴과 원숭이처럼 긴 팔을 가진 오십 대의 중년인, 풍운관의 관주인 삼절검 이택이었다.

적어도 삼대 제자나 이대 제자, 크게 기대해서는 일대 제자 몇 명 정도 처리하고 나서야 겨우 만나 볼 수 있을 거라고 생각한 삼절검 이택이 직접 나온 것이다.

"오늘은 행운이 따르네."

설무백이 다가오는 이택을 주시하며 기꺼운 표정으로 중얼거리자, 예충이 나직한 어조로 주의를 주었다.

"속가라 하나 명색이 구파일방에 속하는 공동파의 제자다. 하물며 소문이 사실이라면 공동파의 장로인 현천상인에게도 한 수 배웠을 테니, 방심은 금물이야."

설무백이 돌아보며 뭐라고 대꾸하기도 전에 풍사가 먼저 피식 웃으며 말했다.

"예 노선배께서 우리 주군을 너무 모르시네요."

"너는 잘 알고?"

"저야 잘 알죠. 전장에서 몇 년이나 같이 굴렀는데 어찌 모르겠습니까. 이름깨나 날리는 육선문 애들을 이미 오래전부터 가지고 놀던 분입니다. 이런 촌구석에서 노는 공동파의 속가제자 따위가 할 일은 아무것도 없을 겁니다."

예충이 침묵했다.

무어라 말하고는 싶었으나, 참는 기색이었다.

풍사의 말마따나 그는 설무백이 보낸 지난 몇 년의 시간을 전혀 알지 못했다.

무엇보다도 간간이 한 번씩 뇌옥을 찾아와서 얼굴을 봤을 때는 말할 것도 없었고, 난주로 오는 동안에도 설무백이 제대로 된 무공을 펼치는 것을 단 한 번도 본 적이 없었다.

기도는 전에 비해 출중해진 듯하나, 그 이상은 그도 아는 것이 전혀 없는 것이다.

예충은 기대에 찼다.

'오늘이야말로……!'

설무백의 진가를 확인할 수 있을 터였다.

그때 우르르 몰려나온 사내들이 질서 정연하게 도열하고, 그들 사이를 뚫고 앞으로 나선 삼절검 이택이 그들을 훑어보며 말했다.

"내게 한 수 배우러 왔다고?"

이택의 시선이 고정되지 않고 방황했다.

분명 설무백이 중앙에 서 있건만, 그를 어리게 보고 무시하며 주변의 예충이나 풍사 중에 도전자가 있다고 생각하는 모양이었다.

설무백은 슬쩍 한 발 더 앞으로 나서며 정중하게 공수했다.

"무림 말학 설무백이라고 합니다. 고명하신 삼절검 이택 어른을 흠모하던 끝에 이렇게 직접 한 수 배우기를 청하게 되었습니다. 부디 사양치 마시고 어린 후배에게 배움의 길을 열어 주시길 간곡히 부탁드립니다."

이택의 시선이 비로소 설무백에게 고정되었다.

잠시지만 무시를 넘어 멸시에 가까운 눈빛을 거쳐서 거만하기 짝이 없는 미소가 그의 입가에 스르르 떠올랐다.

설무백을 완전히 무시하는 태도였다.

이어진 말도 그랬다.

"처음 듣는 이름이군."

"강호 초출의 무명소졸이라 그렇습니다."

"아무리 강호 초출의 무명소졸이라도 근본은 있겠지. 어디서 누구에게 무엇을 배웠는가?"

"양가창을 사사했습니다."

"양가창!"

이택의 눈이 커졌다.

설무백은 상관하지 않고 설명을 덧붙였다.

"야신 매요광 어르신께 한 수 지도를 받기도…….."

"야, 야신 매요광!"

"잠시지만 구철마신 척신명 어르신과 귀검 나백 어르신께 조금 배우기도…….."

"네 이놈!"

너무나도 놀라서 두 눈이 휘둥그레진 눈으로 설무백을 바라보던 이택이 대뜸 불같이 벌컥 화를 내며 호통쳤다.

"대가리에 피도 안 마른 애송이가 감히 어디서 주둥이를 그리 함부로 놀리는 게야! 뭐가 어쩌고 어째? 양가창의 전수자이며, 야신 매요광 등 천하삼기에 절기를 배워? 감히 네놈이 지금 이 몸을 희롱하는 게냐!"

설무백은 심드렁하게 대꾸했다.

"추호도 거짓이 없는 사실입니다만?"

"허허…….!"

이택이 너무나도 분노에 겨운 듯 차라리 웃어 버리며 이내 싸늘하게 소리쳤다.

"오냐, 그래, 이놈! 어디 사지가 떨어져 나가도 네놈의 입에서 그따위 헛소리가 나오나 어디 한번 두고 보자!"

"그 말인즉, 비무에 응해 주시겠다는 거겠지요?"

"비무가 아니라 징계니라! 내 오늘 네놈의 사지 중 하나를 잘라서 돼먹지 못한 그놈의 버릇을 고쳐 주마!"

설무백은 상대가 화를 내든 말든 기꺼운 표정으로 말을 받았다.

"아무래도 좋습니다만, 최선은 다해 주십시오. 비무에서 이기면 제가 바라는 게 아주 크니, 혹여 나중에 딴소리 마시고요."

"네까짓 놈이 바라긴 뭘 바란다고……!"

"풍운관의 봉문(封門)입니다."

"뭐, 뭐라고?"

"제가 바라는 게 풍운관의 봉문이라고 했습니다."

으드득—!

이택이 소리가 나도록 이를 갈아붙였다.

만약 눈빛만으로 사람을 죽일 수 있다면 설무백은 이미 죽어도 열 번은 더 죽었을 터였다.

이택이 그 상태로, 씹어뱉듯 말했다.

"생각을 바꾸겠다! 사지 중 하나가 아니라 네놈의 목숨을 취해 주마!"

말을 끝내기도 전에 그는 신경질을 부리듯 옆으로 손을 내밀었다.

뒤쪽에 시립해 있던 사내들 중 하나가 재빨리 그 손에 한 자루 은빛 찬란한 고검의 손잡이를 올려놓았다.

이택이 그 고검의 손잡이를 잡고 당겨서 검극을 드러내고는 자못 우아한 동작으로 한차례 허공을 그으며 설무백을 겨누며 말했다.

"선배로서 후배에게 한 수 양보하는 것이 도리이나, 네 놈에게는 그마저 아까우니, 이걸로 한 수 양보한 것으로 치겠다!"

"얼마든지."

설무백은 얄밉도록 태연하게 대꾸하고는 한 손을 옆으로 뻗었다.

귀천한 외할아버지 양세기에게 물려받은 장창 흑린이 요술처럼 모습을 드러내서 그의 손에 들렸다.

이택의 안색이 대변했다.

거무튀튀한 빛깔의 양날 창인 흑린의 명성은 신창 양세기와 함께하는 것이었다.

그러나 그것도 잠시, 그의 눈빛이 더욱 살벌하게 변했다.

"감히 어디서 이따위 사기를……!"

세상에 검은 빛깔의 양날 창이 신창의 그것만 있겠는가.

이택은 끝까지 설무백이 얼토당토 않는 사기를 친다고 판단해 버린 것이다.

"죽음으로 사죄하거라!"

이택이 호통을 내지름과 동시에 불길을 토해 낼 것 같은 야수의 눈빛을 발하며 득달같이 쇄도해 들었다.

아무런 소리도 일어나지 않았으나, 바람처럼 빠른 쇄도였다.

그에 앞서 휘둘러지는 그의 검극에서는 한 줄기 강렬한 기세가 일어나고 있었다.

흡사 설원에 쌓인 눈이 바람에 휘날리는 것처럼 더없이 싸늘한 기운을 동반한 검기였다.

'그래도 명색이 공동파의 속가제자라 이건가?'

설무백은 내심 감탄하면서도 마주 나서지 않고 잠시 기다렸다.

등 뒤로 해서 창극을 땅에 닿을 듯이 내리고, 창대를 허리에 붙인 자세로 전신의 감각을 북돋으며 안력을 예민하게 일으켜서 무섭게 휘둘러지는 이택의 검극이 흐르는 투로를 정확하게 주시하고 있었다.

이택은 최소한 천타와 동수로 보였다.

그건 풍사나 아직 내공을 완벽하게 회복하지 못한 예충보다 아래라는 뜻이었다.

그것도 한참 아래였고, 그래서 무섭도록 예리하게 공기를 가르는 이택의 검극을 그는 그림처럼 선명하게 지켜볼 수 있었다.

싸움은 그것으로 이미 끝난 것과 다름없었다.

설무백은 내공을 북돋으며 허리를 버팀목 삼아 순간적으로 휘돌린 창극으로 쇄도하는 이택의 검을 쳐 냈다.

챙-!

거친 쇳소리와 함께 불통이 튀며 이택의 검이 저 멀리 날아갔다.

설무백은 이택의 검을 쳐 내느라 돌아가는 창극에 힘을 더해서 반회전을 더하는 것으로 뒤쪽의 창극을 전면에 세우며 이택의 어깨 아래 견정혈을 향해 그대로 밀었다.

초식에 구애받지 않는 듯 자유롭게 보이나, 엄연히 양가창의 심오한 오의가 담긴 십자경혼창의 일 수였다.

이택은 피하지 못했다.

"크윽!"

억눌린 신음이 장내를 가로질렀다.

장내에 집결한 사내들 중 백에 하나도 제대로 보지 못했을 정도로 빠르게 이루어진 격돌의 현장이 그제야 모든 이들의 시야에 선명하게 드러났다.

설무백은 한 손에 든 창을 길게 뻗어 낸 상태로 우뚝 서 있었고, 그 창의 끝에는 작대기에 꽂힌 개구리처럼 매달린 이택이 신음 속에 피를 흘리며 경악과 불신에 찬 두 눈을 부릅뜨고 있었다.

　난주의 무관인 풍운관의 관주이기 이전에 공동파의 속가 제자인 삼절검 이택이 강호 초출의 무명소졸에게 고작 일(一) 수(手) 만에 패배한 것이다.

다음 권으로 이어집니다

천외천의
주인

어서와 내 던전은 처음이지

한시웅 퓨전 판타지 장편소설

던전에서 나는 모든 것이 돈이 되는 세상!
건물주 위에 던전주, 복권보다 어려운 인생 역전!
……을 했는데 왜 더 힘드냐?

유전병 탓에 아버지의 투병 생활이 길어지며
생계를 위해 쉬지 않고 일하는 연호,
아버지의 부탁으로 벌초를 위해 찾은 선산에 던전이 생겼다!

-던전 주인으로 각성했습니다. 던전을 관리할 수 있습니다.

헌터로 각성까지 해 이제 떵떵거리며 살 줄 알았는데,
괴수 한 마리 없는 텅 빈 던전이라니!
괴수를 직접 잡아 와 던전에 풀라고?

성장시킬수록 더 수상해지는 던전!
평화로운(?) 던전계에 날아든 괴상한 던전주!

어서 와, 내 던전은 처음이지?

꿈의 도약, 로크에서 하십시오
(주)로크미디어에서 신인 작가를 모십니다

즐거운 세상, 로크미디어는 꿈을 사랑하고 도전을 두려워하지 않는 작가 분들의 참신한 작품을 기다리고 있습니다. 21세기 장르 문학계를 이끌어 갈 차세대 선두 주자 (주)로크미디어에서 여러분의 나래를 활짝 펴 보시길 바랍니다.

모집 분야 판타지와 무협을 포함한 장르 문학
모집 대상 아마추어 작가, 인터넷 작가
모집 기한 수시 모집

작품 접수 시 유의 사항

1. 파일명은 작가명_작품명.hwp형식을 갖춰 주십시오.
1. 파일에 들어갈 내용은 다음과 같습니다.
   − 성명(필명인 경우 실명을 밝혀 주세요), 연락처, 이메일 주소
   − 제목, 기획 의도
   − A4용지 1장 분량의 등장인물 소개
   − A4용지 2장 분량의 전체 줄거리
   − 본문
1. 작품이 인터넷에 연재되고 있다면, 게시판명과 사이트의 구체적이고 정확한 주소를 기재해 주십시오.

선택된 작품은 정식 계약 후 출판물로 간행되어 전국 서점에 유통됩니다.
작가 분은 (주)로크미디어의 전폭적인 지원하에 전속 작가로 활동하시게 됩니다.
※ 자세한 내용은 로크미디어 홈페이지(rokmedia.com)를 참조하세요.

(03920)서울시 마포구 성암로 330 DMC첨단산업센터 3층 318호
(주)로크미디어 편집부 신간 기획 담당자 앞
전화 : 02) 3273 - 5135
www.rokmedia.com   이메일 : rokmedia@empas.com